죽음과 소녀

죽음과 소녀

이경화 지음

주니어김영사

에곤 실레의 그림 〈죽음과 소녀〉는
마음을 끌어내린다.
마음이 편해진다는 말로는 부족하다.
어떻게 말할 수 있을까?

〈죽음과 소녀〉는 오스트리아의 화가 에곤 실레가 1915년에 그린 그림이다. 열일곱 살 소녀가
잔뜩 겁을 먹은 불안한 표정으로 죽음을 안고 있으며, 소녀는 죽음을 끌어안고 놓지 않으려
는 듯 그려진 그림이다.
왼쪽 그림은 일러스트 작가 클로이가 소설 〈죽음과 소녀〉의 내용에 맞게, 에곤 실레의 〈죽음
과 소녀〉를 모방하여 재구성한 그림이다.

1.

에곤 실레의 그림 '죽음과 소녀'는 마음을 끌어내린다.

"마음을 끌어내려? 그런 말이 어디 있어."

다희는 말했다.

"그럴 때는 마음이 편해진다, 그렇게 말하는 거야."

"마음이 편해져."

나는 고쳐 말했다.

마음이 편해진다는 말로는 부족하다. 어떻게 말할 수 있을까? 죽음은 에곤 실레의 얼굴을 하고 검은 옷을 입고 있다. 소녀는 죽음에게 안겨 있다. 발레리에라는 이름을 가지고 있는 소녀는 나와 같은 열일곱 살. 소녀는 잔뜩 겁을 먹고 있다, 불안하다. 자세히 보아야 알 수 있는 소녀의 눈동자는 눈치를 살피고 있고 죽음을 끌어안은 팔은 너무 가느다랗다. 소녀는 두꺼운 다리로 도망쳐 왔지만 죽음을 꼭 끌어안지도 못한다. 죽음을 믿지 못하는 걸까? 아직은 살고 싶은 걸까? 마음이 곤두박질친다. 소녀는 내 마음을 끌어내린다. 뱃속이 저릿저릿해지고 나서야 또 숨을 참았다는 것을 알아차린다.

다희는 그림은 보는 둥 마는 둥 하고 그림에 대한 설명에 눈을 주었다.

"너는 이상한 그림만 보더라."

입으로는 말하면서.

"뭐야, 모델이 발레리나야? 근데 왜 이렇게 다리가 두꺼워?"

"아니야."

"발레리나가 원래 다리가 두꺼운가?"

"이름하고 비슷해서 그래."

"여기 이렇게 쓰여 있잖아. 발레리……."

그때 수업을 알리는 시작종이 울렸다.

"이름이 발레리에야."

내가 하는 대답 같은 건 듣지도 않았을 것이다. 다희는 자리에서 벌떡 일어나 자기 분단으로 돌아갔다.

미술 시간이 시작되었다.

선생님은 그림 몇 개를 보여 주었다. 거기에 공교롭게도 에곤 실레의 '죽음과 소녀'가 있었다.

"이 그림 본 적 있는 사람?"

"저요!"

다희였다.

"그래?"

선생님이 제법이라는 얼굴을 해 보였다.

"여자가 직업이 발레리나잖아요."

아이들은 감탄사를 내지르다가 선생님 얼굴에 떠오른 웃음의 정체를 깨닫고는 다시 조용해졌다.

"글쎄, 소녀의 직업은 모르겠지만 발레리에로 알려져 있지. 이름 말이야. 발레리에 노이칠이."

순간 다희는 고개를 돌려 나를 쩨려보았다.

"재희가 그랬단 말이에요. 발레리나라고."

나는 그렇게 말하는 다희를 바라보며 한 마디도 할 수 없었다. 다희와 둘만 있는 게 아니니까. 반 아이들이 일제히 내 쪽으로 고개를 돌렸다. 선생님은 나를 뚫어지게 바라보고 있다. 온몸이 경직돼 입이라도 열라치면 삐걱거리는 소리가 날 것만 같았다. 이상한 소리가 나더라도 말을 하고 싶었다. 뜨거운 돌멩이가 목구멍을 막고 있는 것처럼 목울대가 초조하게 흔들리고, 결국 말하기를 포기하고 고개를 수그렸다. 긴 머리카락이 내려와 사람들이 사라졌다. 다희가 이름 지었던 희자매도 그렇게 어이없는 해프닝으로 사라졌다.

"다희, 재희. 완전 희자매잖아. 이건 운명이 분명해."

학기 초, 다희는 적극적이었다. 화장실에 갈 때도 무용실에 갈 때도 과학실에 갈 때도 아주 오랜 친구처럼 팔짱을 꼭 끼었다. 그런 다희가 좋았다. 고마웠다. 올 한 해는 서른 명이나 되는 교실에서 혼자 쭈뼛거리며 지내지 않아도 된다는 사실이 꿈만 같았다. 나도 나만의 친구를 갖게 된다는 생각에 설레었다. 다희는 쿠키 모양의 방울을 사 가지고 와서 어깨가 넘는 머리를 묶어 주기도 하고 수업 시간에는 순정 만화에서 베껴 그린 남자하고 여자가 키스하는 그림을 몰래 건네기도 했다.

언제부터 다희가 내 말을 건성으로 듣기 시작했을까? 언제부터 나를 못마땅하게 생각했을까? 중간고사가 시작되기 전이었던 것도 같고 시험 성적 꼬리표가 교실을 돌아다니고 있을 때였던 것도 같다. 성적대로 분단을 나눴을 때 이미 다희는 다른 친구들과 어울려 있을 때가 많았다. 활발한 성격 탓이라고 생각했다. 내가 먼저 다희 친구들에게 다가가야 하는 게 아닐까, 소극적인 성격을 자책도 했다. 하지만 1분단으로 가는 일은 잘 안 되었다. 실제로도 나처럼 5분단인 아이들은 공부를 잘하는 1, 2분단 아이들과는 어울리지 않았다. 친구들이 재편성되는 분위기도 느껴졌다.

나는 다희에게 더 잘하려고 노력했다. 짜증을 내도 참았고 매점에서 사 달라는 것이 많아도 괜찮았다.

"너 얼굴값 못한다는 소리 많이 듣지 않니?"

다희가 그 말을 했던 건 매점 앞에 놓인 의자에 앉아 딸기 우유를 마실 때였다. 친구가 있다는 게 이렇게 좋구나, 밥 먹은 게 소화도 잘

되고. 바람은 오늘따라 엄청 시원하네. 기분이 꽤 좋았기 때문에 더 당황했다. 다희가 무슨 의도로 그런 말을 하는지 알지 못했다. 대답을 들으려는 짓궂은 눈빛을 보며 어떻게 말을 해야 할지 생각했다. 어떻게 말을 해야 다희 마음에 들까, 온통 그 생각뿐이었던 것 같다. 잘 모르는 사람들이 뒤에서 수군거리는 소리는 들었지만 이렇게 대놓고 말하는 사람은 처음이었다.

나는 고개를 끄덕였다. 바보처럼, 너무 크게 끄덕인 것 같다.

"어떻게 알았어? 아, 그것 때문에 괴로워."

어색함을 무마하려다 보니 목소리에 애교가 섞였다. 그래서 더 부끄러웠다.

"자존심 상하지?"

얼굴이 발개졌다.

"뭐가?"

정신이 없었기 때문에 다희가 하는 말을 제대로 듣지 못했다.

"뭐가 자존심 상하는 줄도 몰라?"

다희는 코웃음을 쳤다.

"내가 공부 못하는 것 때문에 그러니?"

나는 조심스럽게 물었다.

"그건 좀 미안하게 생각하고 있어."

다희는 뜨악한 얼굴을 했다. 승아가 떠올랐다. 승아는 내 긴 머리가 좋다면서 친구를 하자고 했다. 승아는 반장이었고 전교 1등으로 올라온 아이였다. 나는 승아와 어울리지 않는다고 생각해서 멀리했다. 민지 때문이었다. 민지는 내가 인형처럼 생겼다며 좋아했다. 민지는 너무나 다정한 아이였기 때문에 학교 성적 따위는 중요하지 않을 거라고 생각했다. 일제고사 성적이 교실 뒤편 알림판에 주르륵 붙은 날 민지는 내게 눈길 한 번 주지 않고 다른 친구들과 어울려 교실을 나갔다. 민지를 떠올리며 승아한테 솔직하게 말했다. 공부를 너무 못해서 친구를 할 수 없다고. 승아의 눈동자에는 당혹스러운 빛이 떠올랐다. 승아는 두 눈을 빠르게 깜빡여 눈동자의 빛을 바꾸고는 말했다.

"공부를 못해서 친구를 할 수 없다고 생각하는 네 가치관이 참 문제다."

승아도 가버렸다. 내 가치관이 문제여서 승아가 떠났다고 생각할 정도로 바보는 아니다. 하지만 다희가 다가왔을 때 일말의 희망을 품었던가. 공부를 못하면 친구도 할 수 없다는 내 가치관이 문제라고 믿고 싶었다.

"내가 공부를 좀 잘하면 너랑 정보도 교환하고 그럴 텐데, 그런 점이 미안해."

다희는 벌떡 일어섰다.

"왜?"

나도 엉거주춤 따라 일어섰다.

"갈래."

다희는 바닥에 침을 뱉으며 말했다.

"지겨워."

"나 때문이야?"

기가 죽어서 물었다. 다희는 걸음을 옮기다가 뒤를 돌아보고는 말했다.

"너는 모든 게 다 너 때문인 것 같냐? 네가 그렇게 잘났냐?"

나는 다희에게 매달리고 싶은 마음을 참느라고 주먹을 꼭 쥐었다. 얼어붙은 것처럼, 그렇게 선 채로 중얼거렸다.

"잘나서가 아니라 못나서야. 다희 너도 알고 있잖아."

내가 하는 마지막 말은 늘 이렇듯 독백이 된다. 아무도 내 말을 끝까지 듣지 않는다.

드로잉북을 꺼내 '죽음과 소녀'를 옮겨 그린다. 한강 둔치에는 숨을 만한 곳이 많다. 나는 주차장에 인접한 계단 맨 아래 앉는다. 이런 저녁 시간에는 낚시를 하는 사람들만 없다면 한두 시간쯤은 방해 받지 않을 수 있다. '죽음과 소녀'는 보는 것으로 만족하려 했다. 아무것도 존재하지 않는 어둠, 죽음의 그런 초점 없는 눈동자를 그린다면, 죽음의 밖을 불안하게 힐끗거리고 있는 소녀의 눈동자를 그린다면, 나를 진정시킬 수 없을 것 같은 느낌이 들었다. 그러나 이제는 그리지 않고는 진정되지 않을 것 같다.

색연필 냄새를 맡는다. 코끝이 알싸해질 때까지. 저마다 제각각인

색연필은 길이별로 정리되어 있다. 짧은 것은 왼쪽, 긴 것은 오른쪽으로. 제일 오른쪽에 있는 것은 항상 빨강색이다. 빨강색은 쓸 일이 별로 없다. 어쩌면 내가 의식적으로 피하는 걸까? 빨강색을 보면 불안하다.

흐린 베이지로 스케치를 시작한다. 손은 기다렸다는 듯이, 도화지 위에서 어떻게 춤을 추어야 하는지 알고 있다는 듯이 부드럽게 움직인다. 나도 예전에는 연필을 사용했다. 그리고 지우는 일을 반복했다. 오른손이 선을 그리면 왼손에 들려진 지우개는 차마 기다릴 수 없다는 듯이 초조하게 그 선을 지워 나갔다. 어깨에 힘이 들어가고 가슴이 불규칙하게 뛰기 시작하고 이마에 땀방울이 맺혀서야 그리는 일을 중지할 수 있었다. 보풀이 잔뜩 일어난 도화지에는 대개 아무것도 그려져 있지 않았다. 나는 그리는 일을 그만둘 수 없었다. 그래서 생각해 낸 것이 색연필이었다. 아무리 마음에 들지 않아두 절대 지울 수 없다. 진한 색깔로 선을 완성시켜도 처음, 서투르게 빗나간 선은 도화지 안에 남아 있다. 그 선을 보면 가슴이 아팠다. 생각으로 아팠다는 것이 아니라 실제로 가슴이 콕콕 쑤셨다. 그러던 것이 여러 번 반복되다 보니 통증이 희미해졌다. 그런데 요즘 통증이 다시 시작되었다. 지우개를 쥐었던 왼손은 이제 가슴을 누르고 있다. 도화지 위에 빗나간 선들은 날카롭고 예민한 칼이 되어 가슴을 긋는다. 토할 것만 같다. 숨을 몰아쉬고 나서야 또 참았다는 것을 깨닫는다. 고개를 든다. 강물 위로 다리 위의 오렌지빛 가스등이 떨어지고 있다. 강물은 어디로 흘러가고 있는 걸까. 저 다리 위에서 떨어지면 나는 어디 쯤에서 발견 될까. 드로잉북을 접고 일어섰다.

2.

열쇠를 구멍에 꽂는다. 손목에 힘을 풀고 손가락만을 의지하여 열
쇠를 돌린다. 눈을 감고 빗장을 여는 경쾌한 소리를 듣는다. 닫힌 문
이 열린다. 소리 내어 말해 본다. 닫힌 문이 열린다, 멋진 말이다. 몸
을 돌리지 않은 채 뒷짐을 지어 문을 밀었다. 빗장이 닫히는 느낌이
손바닥으로 전해 온다. 이런 느낌을 도화지에 옮긴다면 어떤 그림일
까? 브라운과 갈색 톤이 일몰의 파도처럼 휘어지는?

마당을 지나 하나 둘, 소리 내어 여섯 개의 계단을 오른 후 현관문
을 열었다.

"누구니?"

소리를 들은 것이 맞나. 살금살금 걸어가 방문에 귀를 대었다.

"누구?"

희미한 목소리. 살며시 손잡이를 돌렸다. 엄마는 누에고치처럼 이

불을 동그랗게 말고 얼굴만 내밀고 있다.

"또 머리 아파?"

땀을 흘렸는지 헝클어진 머리카락이 이마며 얼굴에 달라붙어 있다. 언제부터 저러고 있었을까. 숨이 막힌다. 엄마는 이제 애써 웃지 않는다.

"찬물 한 잔 가져 와. 빨대 꽂아서."

다시 방문을 닫는다.

"문은 왜 닫아?"

엄마는 요즘 벌컥벌컥 말한다. 언젠가처럼 나긋나긋하지도 친절하지도 않다. 방문을 열어 두고 주방으로 갔다. 컵을 꺼내 찬물을 3분의 2 정도만 담는다. 그제야 가방을 맨 채라는 걸 깨닫고 어깨에서 내려놓은 뒤 접시에 받친 컵을 방으로 가지고 들어갔다. 엄마는 얼굴을 잔뜩 찌푸린 채로 눈을 감고 있다.

"여기, 물이요."

엄마 입과 가장 가까운 위치에 잔을 내려놓는다. 아주 힘겹다는 듯이, 엄마는 누운 채로 눈만 살짝 뜨고 빨대로 물을 마신다. 기우러진 컵을 보며 물이 쏟아지지 않을까 걱정이 되었다.

"이사 내일인 거 알지? 다음 주부터 혜원 고등학교로 가."

"응."

일어서려는데 엄마의 눈빛이 나를 잡는다.

"안 물어 봐?"

목소리가 내게 덤벼든다.

"아무것도 물어 보지 마."

한 달 전 엄마는 그렇게 말했다. 그래서 아무것도 물어보지 않았
다. 엄마가 왜 콧노래를 그만두었는지, "엄마 나이에 이런 거 입는 사
람 봤어?" 자랑스러움이 배어 있는 목소리로 푸른색 원피스며 스키
니 진 같이 젊은 사람들이 입는 옷을 왜 더 이상 입지 않는지, 아빠
와 왜 눈을 마주치지 않는지……. 아침밥을 차린 식탁 위에는 수저가
세 벌뿐이었다. 아빠는 자리에 앉았다가 자기 수저가 없는 것을 알아
차렸다. 나는 수저를 가지려고 일어섰다.

"앉아."

엄마는 국을 떠먹으면서 말했다.

"아빠 밥은 없다."

된장국이 좀 싱겁네, 그런 투였다. 재민이 오빠는 국에 밥을 말고
있었다. 왼손에는 영어 단어가 잔뜩 적힌 수첩을 들고 평소처럼 스펠
링을 웅얼웅얼거리면서 밥을 우물거리기 시작했다. 아빠는 슬그머니
일어섰다. 나는 눈으로 물었다. 아빠는 엄마 몰래 내게 윙크를 하고
는 주방에서 나갔다. 하지만 웃지 않았다, 아니 웃지 못했다. 그저 내
마음을 편하게 해주려고 억지로 윙크를 한 것이다.

"재희, 어서 밥 먹어."

엄마는 서둘러 말했다. 내가 아빠를 쫓아 나갈까 봐 조바심을 내
는 것처럼. 무슨 일일까? 울었는지 잠을 자지 못했는지, 엄마는 잔뜩

부은 얼굴로 평소보다 수북이 담은 밥에 손도 대지 않고 국만 떠먹고 있었다.

"어서 먹으라니까!"

목소리가 높아졌다. 눈에 핏발도 서 있다.

"아, 시끄러워. 엄마나 먹어. 국으로 배 채울 거야?"

재민이 오빠는 수첩에서 눈을 떼지 않은 채로 말했다. 다 보고 있었던 건가?

"내 생각해 주는 건 재민이밖에 없네."

오빠는 잠시 멈칫, 했다. 평소 같으면 "착각은 오해의 어머니."라든가 "뭐 꼭 그렇게 생각해야 마음이 편하다면 그러시든지, 돈 드는 것도 아닌데." 하는 투로 엄마의 멜랑콜리 애정 공세를 새드엔딩으로 마무리했을 것이다. 오빠는 농담처럼 말하지 않는다. 차갑게 말한다. 오빠의 진실이다. 어떤 분위기를 감지한 걸까? 오빠는 아무 말도 하지 않고 다시 수저질을 하며 중얼중얼 스펠링을 외웠다. 엄마는 다시 국을 떠먹기 시작했다. 나도 급하게 수저질을 했다. 식탁에서 빨리 놓여나고 싶었다.

그날 이후 수저는 세 벌에서 한 벌이 더 줄었다. 엄마도 먹지 않는다. 엄마는 식탁을 차리고 방으로 들어갔다가 우리가 다 먹을 때쯤 나온다. 아침 밥상에 식구 모두가 둘러앉는 건 엄마의 큰 자랑거리였다. 엄마는 요즘 여자들이 얼마나 여자답지 못하며 게으르고 이기적인지에 대해 자주 이야기했다. 아침 밥상을 차려내는 여자는 정말 보기 힘들다는 이야기도 자주 했다. 여자가 아무리 여자답고 부지런해도 식구 모두가 다 밥상에 둘러앉는 건 아니었다.

아빠는 미안해했다. 학기 초여서 긴장도 많이 될 텐데 집안 분위기까지 좋지 않으니 얼마나 힘이 드냐고 했다. 직접 보고 말한 건 아니다. 대개 핸드폰 문자 메시지거나 아주 짧은 통화를 통해서였다. 무슨 일이 있는 건지 다 말해 주겠다, 조그만 기다려 달라고 했다.

"엄마한테 친절하게 대해 주겠니? 우리 재희야 워낙에 상냥한 성격이지만 말이야. 엄마 지금 위로가 필요할 거야."

아빠는 엄마한테 무슨 잘못을 한 걸까?

"아, 그걸 왜 나한테 물어봐?"

오빠는 짜증을 부렸다.

"걱정도 안 돼?"

"무슨 걱정? 네 걱정이나 해."

나는 입술을 꼭 깨물었다. 오빠 눈에 어린 한심하다는 표정, 그게 말이 되어 튀어 나올까 봐 방문을 거칠게 닫고 나왔다. "공부도 못하는 주제에." 그 말이 갈라진 내 가슴에 날카로운 칼이 되어 꽂힐까 봐 두려웠다.

어쩌면 나는 어렴풋이 짐작을 하고 있는지도 모른다. 확인하고 싶지 않은 것이다. 이야기를 듣는다면 아빠가 먼저라는 생각이다. 잘못을 저지른 사람에게서 충분한 변명을 듣고 싶다. 그러면 나는 아빠를 이해할 것이다. 손가락을 꺾어 소리를 냈다.

"궁금한 거 없냐구?"

엄마는 다시 물었다.

"나 이번 주에 학교 쉬면 안 돼?"

"너는 그저 네 생각밖에 안 하니? 어떻게 하면 조금이라도 공부나 덜 할까, 고따위 생각밖에 못하지? 나가. 꺼지라구!"

누에고치에서 팔이 쑥 튀어나왔다. 반사적으로 고개를 돌렸다. 긴 머리카락이 아래로 흘러내려 누에고치가 사라졌다, 엄마가 사라졌다. 재빨리 일어서서 밖으로 나왔다.

나는 늘 긴 머리였다. 어렸을 적에는 엄마가 원해서 긴 머리였고 머리 모양을 바꿀 수 있을 정도로 큰 다음에도 커트는 해본 적이 없다. 학교는 두발자유지만 머리가 긴 학생들이 많지 않아 간혹 선생님들에게 지적을 당하기도 한다. 긴 머리에 앞 가리마. 나는 머리카락을 귀 뒤로 넘기지 않는다. 고개를 약간 숙이면 머리카락이 내려와 시선이 차단된다. 그들은 사라진다. 내가 머리를 자르지 않는 이유다. 수첩에서 꼬깃꼬깃 접은 종이를 꺼냈다.

창문이 닫혀 보이지 않아도 태양은 언제나 환하게 떠 있단다.

알고 있지? 사랑하는 우리 딸,

재희가 자기만의 창을 발견하는 그때 아빠도 힘차게 같이 열어 주마.

중학교 언제쯤이었을까. 일제고사 성적표를 받은 날 아빠가 책상 위에 놓아 준 쪽지는 하도 많이 접고 펴기를 반복해서 글씨가 희미하다.

모두의 기대에 부응하여 전국 석차 상위 3% 안에 들었던 오빠는 나에게 돌대가리라는 말을 썼다. 엄마는 오빠한테 과외를 부탁했다.

"과외 선생님도 손 놓은 애를 내가 어떻게 가르쳐?"

"가족이잖니."

"안 되는 애는 안 되는 거야. 포기해."

오빠는 안경 너머로 얼음이 오도독 떨어질 것 같은 차가운 시선을 엄마에게 그리고 나에게 보냈다. 눈은 내가 먼저 피하고 말았다.

"어떻게 성적으로 사람을 평가해? 그것도 하나밖에 없는 동생을! 한 번만 더 포기니 뭐니 그딴 소리 하면 혼날줄 알아!"

아빠한테 심하게 꾸지람을 들었던 오빠는 문자 메시지를 보냈다.

아빠가 공부 잘했던 사람이어서 내가 가만히 있었던 거야. 알겠냐?
이 왕돌대가리야.

그리고 나는 엄마가 낮게 읊조리듯이 했던 이야기를 잊지 못한다.

"네가 내 완벽한 가정을 이런 식으로 망가뜨리는구나."

완벽한 가정…….

"한의사만한 직업이 또 있나 싶지요. 목숨이 왔다갔다 하는 환자를 대하는 위험한 일도 아니고 명예퇴직이 있는 것도 아니고. 우리

22

재민이가 지 아빠처럼 한의학 공부한다면 열심히 밀어줄 생각이에요. 근데 애가 워낙 공부를 잘하니까 또 선택의 폭이 넓어서요. 아무래도 애한테 맡겨야겠지요. 똑 부러지는 애니까 지 앞길 얼마나 잘 알아서 개척하겠어요. 우리야 뭐 이제 구세대지요."

"뭐 별 걱정 있나요. 일밖에 모르는 남편이랑 공부밖에 모르는 아들 덕에 심심할 때가 있기는 해요. 그래도 나는 운동하는 재미가 있어. 요즘에는 문화센터에 수묵화 그리는 거 배우러 다니구."

"아유, 얘. 나도 재희 때문에 골치야. 공부를 못해도 좀 못해야지. 재민이가 그냥 포기하라고 하던데. 아무래도 마음을 비워야 할까 봐. 누구를 닮아서 그럴까. 우리 집안에는 저런 애가 없는데 말이야."

엄마의 완벽한 가정에서 나는 다른 사람들을 위로해야 하는 순간에만 거론되는 망가진 자식이다. 일말의 희망을 가질 수 없도록, 죄인에 대한 낙인은 일 년에 네 번, 일제고사 때마다 정확한 숫자로 표기된다. 정육점의 돼지고기처럼 등급을 받기 위해 늘어선 오십일만 칠천육백구십 명 중 나보다 상태가 안 좋은 사람은 백분위 한 자리 수. 심장을 요란하게 뛰게 만들고 이유 없이 식은땀이 흐르게 하며 선생님들의 경멸 어린 시선을 참아내게 하고, 공부를 잘하고 못하는 것으로 선과 악이 구분되는 그리하여 나쁜 것으로 구분되어진 나는 착하기라도 하기 위해 일찌감치 다른 사람 눈치 보는 법을 배웠다.

하지만 내게는 아빠가 있다. 나의 태양이 있다고 믿는, 나만의 창을 함께 열어 주겠다고 말하는 다정한 아빠가 있다. 그런 아빠가 나쁜 일을 했을 리가 없다. 엄마는 요즘 아빠를 유령 취급하면서 없는 사람처럼 대하지만 아빠는 그런 대접을 받아야 하는 사람이 아니다. 아빠가 어떤 잘못을 했다면 분명히 이유가 있을 테니까. 그럴 수밖에 없는 이유가 있는데 속 좁은 엄마가 이해하지 못하는 게 분명하다.

3.

나는 이기적인 아이가 되지 않기 위해 학교에 갔다.

"한재희가 이사를 해서 전학을 가게 되었다. 너희들도 이미 알고 있겠지만⋯⋯."

선생님은 말했다. 아이들은 알고 있지 않다. 나는 아무에게도 말하지 않았다. 누구한테 이야기하겠는가. 내가 말할 사람이라곤 고작 다희뿐이었는데.

"한재희. 나와서 친구들한테 마지막 인사라도 해야지."

교실 안에 잠깐 정적이 감돌았다.

학교에 다니면서 전학을 가고 싶었던 순간이 한두 번이 아니었다. 친구들은 나에 대해서 자신들이 믿고 싶은 대로 믿어버리고는 마치 내가 속인 것처럼 화를 냈다. 학년이 올라갈수록 시험 문제는 더 어려워졌고 등수는 더 밀려났다. 친구들이 화를 내지 않도록 나는 최

대한 없는 사람처럼 지냈다. 학년이 바뀌어 새로운 친구들을 만날 때는 특히 조심했다. 마음에 드는 아이가 있으면 의식적으로 거리를 두었다. 수업 시간에 선생님 말씀을 열심히 들어서 공부 잘하는 애처럼 보이지 않도록 했으며 누구나 다 아는, 그래서 나 같은 아이까지 알 수 있는 질문을 해도 모르는 얼굴을 지어 보였다.

"환경 미화에 참여 하고 싶은 사람은 남아 주세요."

초등학교 5학년. 그때만 해도 나는 어떤 의욕이 있었던 것 같다.

"제발 남아서 우리 좀 도와주세요. 시간 많이 안 뺏을 게요."

학급 임원들은 그렇게 앓는 소리를 하며 애원을 했다. 교실을 꾸미는 일이라면 나도 도움이 될 것 같았다. 나도 도움이 되는 사람이고 싶었다.

"쟤 뭐냐? 왜 남은 거야?"

임원들을 제외하고 남은 사람은 나 한 명뿐이었다.

"한재희 쟤. 공부 드럽게 못하는 개 맞지?"

안 들었으면 좋았을 것이다. 어쩌면 들으라고 말했던 걸까. 소리라도 질러야 했을까? 자리를 박차고 나갔어도 좋았을 것이다. 나는 그 자리에 꼿꼿이 서서 아이들의 선처를 바라고 있었다.

"귀찮게 됐네."

그 소리까지 듣고도 움직이지 못했다. 아이들에게 잘 보이고 싶었다. 내가 공부는 못하지만 그렇게 나쁜 애가 아니라는 것을 알려 주고 싶었다. 양보도 잘하고 싸움 같은 것도 안 하고 집까지 바래다 달라면 아무리 덥거나 추워도 밤이 늦어 거리가 무서워도 꼭 바래다 주는 그런 아이라는 걸 보여 주고 싶었다.

"아, 남아 줘서 고마워. 정말."

연극배우처럼, 회장은 얼굴 표정을 바꾸고는 활짝 웃으며 말했다. 그제야 가슴을 쓸어내렸던가, 얼굴 근육이 뒤틀려 따라 웃을 수 없었던가. 아니면 파블로프의 개처럼 좋아서 팔짝팔짝 뛰었던가.

"근데 뭐 도와줄 게 많지는 않아."

나는 아이들 틈에 끼어서 색종이를 오리라면 오리고 켄트지에 색칠을 하라면 색칠을 하고 어디다가 어떻게 갖다 붙이라면 붙였다. 내가 보기에는 더 어울리는 색깔이 있고 더 어울리는 모양이 있었지만 말하지 않았다. 시키는 대로만 했다. 일이 거의 끝나갈 무렵이었다. 아이들은 자기들끼리 눈짓을 하기 시작했다. 서로 쿡쿡 찌르기도 하고 두셋씩 모여서 소곤거리기도 했다. 나는 얼굴에 미소를 유지하느라 상황파악을 제대로 하지 못했다. 이만하고 집에 돌아가겠다고 말해야 했던 것이다. 담임 선생님의 지시대로 민주적인 방법으로 학급을 운영해야 했던 임원들은 난처해 했다.

"이제 거의 다 했으니까 바쁘면 그만 집에 가도 돼."

나는 바쁘지 않았다. 학급 일을 도왔다고 하면 엄마도 좋아할 게 분명했다.

"그래, 얼른 가라. 고마웠어."

학급 일인데, 고맙다고 한다. 마치 나는 학급의 일원이 아닌 것처럼. 마치 내가 할 수 없는 능력 밖의 일을 한 것처럼. 비장애인이 장애인을 보고 장애우라고 말하는 것처럼. 그렇게 자기들 중심으로 돌아가는 세상 속에서 인심을 베풀어 너를 친구로 생각은 하고 있다고 적선하듯이 말하는 것처럼.

"괜찮아."

왜 그랬을까? 어떤 마음으로 그랬는지 지금은 기억나지 않는다. 아이들은 회장 아줌마가 내는 한턱을 먹기 위해 회장네 집에서 모이기로 했던 것이다.

"바쁘면 가도 돼."

끝까지 그렇게 말했던 아이가 송아였다. 채송아. 송아와는 4학년 때도 같은 반이었다. 송아는 이때의 일을 반 아이들에게 생생하게 현장 중계했고 나한테 찐드기라는 별명을 붙이는 것도 잊지 않았다.

회장 아줌마는 한 상 차려 놓고 아이들을 반갑게 맞았다. 회장은 일일이 우리를 소개했다. 반장 누구, 부반장 누구, 무슨 무슨 부장 누구. 그리고 내 차례가 되었다.

"얜 그냥 우리 도와주러 남은 애."

나는 회장이 내 이름을 모르는 줄 알았다.

"이름이 뭔데?"

아줌마의 물음에 회장은 자리에 풀썩 주저앉으며 말했다.

"한재희."

다른 아이들도 저마다 한자리씩 차지하고 앉았다.

"그래 재희구나. 참 예쁘게 생겼네."

"한재희가 예쁘기는 하죠."

채송아. 온몸이 뻣뻣하게 굳기 시작했다.

"잘 먹겠습니다!"

아이들은 행복하게 소리 질렀다.

"재희도 어서 앉아 먹어야지."

아줌마는 나를 챙겨 주며 다시 물었다.

"그래, 아빠는 뭐 하시니?"

"한재희 아빠 한의사예요. 쟤네 아빠는 머리가 좋았나 봐요."

채송아. 그 아이는 왜 그렇게 나를 미워했을까?

존재감 없이 지내는 방법을 터득한 후에도 나를 미워하는 애들은
늘 있었다. 그럴 때마다 제일 먼저 떠오르는 것이 전학이었다. 전학을
가고 싶었던 건 도망치기 위해서만은 아니었다. 다시 시작하고 싶다
는 생각, 그런 것도 있었다. 이제는 안다. 우리나라 어디를 가도 마찬
가지라는 것을. 일제고사 성적으로 우열반을 나누는 학교도 있고 전
교 등수를 복도에 붙이는 학교도 있다. 주홍글씨처럼 성적을 목에 걸
어 주는 학교도 곧 생기지 않을까.

"나와서 인사 안 할래?"

선생님을 바라보고는 살짝 고개를 숙였다.

"서운해서 그러는구나?"

흘러내린 머리카락이 만들어낸 공간은 아주 작은 갈색의 직사각형 뿐이다.

"그래 그럼. 인사는 따로 하도록 하고. 종례는 이만 마친다."

선생님은 나나 아이들이 어색하지 않게 상황을 정리했다. 반 등수를 떨어뜨리는 아이가 전학을 가는 마당에 선생님도 더 이상 시간을 끌고 싶지는 않았을 것이다. 내가 하지 않겠다고 했지만 인사조차 없이 떠나게 되리라고는 생각하지 못했다.

선생님이 나가자 교실은 여느 때와 다름없는, 나와 관계없는 소란스러움으로 가득 찼다. 조용히 일어나 사물함으로 갔다. 남아 있는 물건은 많지 않았다. 교과서 몇 권과 에곤 실레 화집을 꺼내 가방에 넣고 사물함 안쪽에 붙여 두었던 마티아스 클라우디우스의 시를 떼었다. 몸이 굳었다. 다희가 어깨를 치며 아는 척을 해 올까 봐. 몸이 굳었다. 그런 다희에게 과장되게 고마워할까 봐. 이어폰을 꼈다. MP3에 저장시킨 건 슈베르트뿐이다. 슈베르트의 현악 4중주 14번.

교실을 나왔다. 누군가 말 걸어 주기를 기다리는 사람처럼 보이지 않기 위해 의식적으로 빨리 걸었다. 전학을 가는 마당에도 다른 사람의 시선을 의식하는 내가 지겨워서 넌덜머리가 났다. 다희는 끝까지 아는 척을 하지 않았다. 내게 안녕, 하고 인사를 한 사람은 아무도 없었다.

나에게서 벗어나려는 것처럼, 내 삶에서 도망치는 것처럼, 빨리 걸었다. 걷다가 다리가 꼬여 앞으로 엎어졌다. 아주 잠깐 동안이었지만

30

나는 에곤 실레의 그림 '죽음과 소녀'에서 소녀와 같은 자세가 되었다. 무릎을 꿇은 상태로 두 팔을 벌린 자세. 아무도 잡아 주지 않은 손은 바닥으로 떨어졌다. 머리카락이 흘러내려 눈물을 가렸다.

4.

　이사한 곳은 미분양 아파트였다. 언제라도 입주가 가능한. 지난 번 살던 집과의 거리가 한 시간이나 되는 데도 오빠의 통학시간은 변하지 않았다. 효서 과학 고등학교의 스쿨버스는 강남 일대 가지 않는 곳이 없다. 오빠는 전학을 안 해도 되었고 나는 전학을 했고 아빠는 운영하는 한의원을 옮길 수 없어 30분 일찍 집을 나선다. 이 모든 일을 결정하고 고집을 부린 것으로 보이는 엄마는 마치 그것에 책임을 지려는 것처럼 누에고치를 벗고 밖으로 나왔다. 이제 밥을 먹을 수 있게 되었으나 밥을 먹을 시간이 없어진 아빠는 간단한 생식으로 대신했고 다시 아침을 먹기 시작한 엄마는 기력을 차려 나를 학교에 데려다 주기 시작했다. 오빠는 전 집에 있었을 때보다 더 큰 소리로 단어를 외웠고 나는 전 집에 있었을 때보다 더 외톨이가 된 것 같다.
　잠이 오지 않을 때가 많았다. 창문에 서서 어두워지지 않는 거리를 내려다보고 있으면 한 두 시간은 훌쩍 갔다. 마음을 다스리기 위해 이미 정리되어 있는 책들이 길이대로 잘 꽂혀 있는지 확인하고 선반 위에 놓여 있는 석고로 된 천사 인형들을 같은 간격으로 줄지어 세우고 띠벽지에 붙은 야광별의 숫자를 세기도 하고 마티아스 클라우디우스의 시를 읊기도 했다. 너무 잠이 오지 않는 날에는 스탠드를 켜고 드로잉북을 꺼내 그림을 그리기도 했는데 색연필 케이스를 열다가 흠칫 놀랐던 어느 날, 빨강색 색연필을 쓰레기통에 버렸다.

시간은 흐르고 있다는 것이 믿어지지 않을 만큼 느리게 갔다. 학교에서는 대개 고개를 숙여 머리카락이 만들어 내는 조그만 사각형의 공간에 초점 없는 눈을 두고 있었다. 눈을 감았다가 떴을 때 한 서른 살쯤 되어 있었으면 좋겠다는 생각을 하곤 했다. 나는 자주 체했고 자주 밥을 걸렀다. 대부분의 선생님들은 충분히 과외를 받고 있는 성적이 우수한 아이들을 위해서 한 번 더 수업을 했고 충분히 지쳐 있는 그들을 위해 수업 시간에 잠을 자도 교권 침해 운운하지 않았다. 전에 있던 학교보다 조금은 더 자유롭고 조금은 더 무기력한 느낌, 수업은 더 따라갈 수 없었다.

우리나라 말을 하는데 무슨 소리를 하는지 도통 알 수 없는 채로 여덟 시간 이상을 앉아 있으면 정말 바보도 될 수 있을 것만 같은 생각이 든다. 선생님에 따라 자리에서 일어나 외국어로 가득한 교과서를 읽거나 화학원소 주기율표를 외우기도 하고 칠판에 불려 나가 영어 알파벳이나 아라비아 숫자를 쓰기도 해야 한다. 공부를 못하는 아이는 선생님이 호명할 때 쭈뼛거리며 일어나야 하고 '정답'을 맞추지 못하면 얼굴을 발갛게 물들이며 부끄러워하거나 익살스러운 표정을 지어 아이들을 웃기기라도 해야 한다. 그것이 학교의 룰이다, 나도 알고 있다. 그렇게 하지 않으면 반항아로 구분된다는 것을. 사람들이 불편해한다는 것을.

이미 나에 대한 정보를 들었는지 선생님들은 별 관심을 보이지 않고 있다. 나는 아직 한 번도 자리에서 일어나 발표하지 않았다. 교묘하게 피해 가는 듯한 느낌. 여기서도 마찬가지로 룰은 지키지 못할 것이다. 나는 쭈뼛거리는 대신 고개를 숙인다. 머리카락 사이로 살짝 보이는 내 얼굴은 발갛게 물들어 있겠지만 사람들은 보지 못한다. 그리고 익살이라는 건 나와는 너무나 거리가 먼 단어다. 나는 공부를 못하는 못된 아이로 낙인 찍혀 너무나 수치스러웠기 때문에 다른 사람들도 내가 어떤 기분일지 알 거라고 생각했다. 아이들은 놀랍게도 자존심이 상처를 받은 오만한 얼굴이라거나 모든 게 다 귀찮다는 듯한 초연한 얼굴이라며 재수 없어 했다. 그런 표정을 지을 수 있었다면 차라리 좋았을 것이다. 그런 마음을 품을 수 있을 정도로 대범했으면 좋았을 것이다. 그럴 수 있는 사람이 과연 있기는 할까?

학습부진, 이라는 말은 초등학교 4학년 때부터 따라붙기 시작했다. 나는 과외를 많이 받았고 선생님들한테 꽤 예쁨을 받았기 때문에 그런 낙인이 찍힐 거라고 생각하지 않았다. 밤을 새워 공부하는 일은 나에게 어려운 일이 아니었다.

"도대체 뭘 공부한 거니?"

엄마는 분통을 터뜨렸다. 그건 내가 더 궁금했다. 아무리 공부를 해도 성적은 나오지 않았다. 아이큐 검사는 정상이었다. 과외 선생님들이 바뀌고 이번에는 공부 방법이라는 것을 배우기 시작했다. 선생님들은 단지 내가 공부 방법을 모르기 때문이라며 자신감을 보였다. 각 단원에는 그 단원의 목표가 있다. 단원의 목표만 이해하고 암기하면 된다고 했다. 그렇게 간단한 이야기를 하면서 선생님들은 무슨 대단한 비밀을 누설하는 것처럼 꽤 많은 과외비를 요구했다. 물론 문제는 나한테 있었다. 그 단순한 방법을 나는 이해할 수 없었던 것이다. 이해를 포기하고 암기를 시작했다. 당연히 암기도 되지 않았다. 나를 제외한 모든 사람들이 모종의 음모에 가담하고 있는 것처럼 느껴졌다. 내가 중요하게 생각하는 것들을 그들은 아주 사소한 것이라고 했고 내가 암기하고 있는 것들을 필요 없는 것이라고 했다.

내가 좋다고 생각했던 것들이 일순 냄새나는 쓰레기가 되었다. 단풍나무에 가득 내려앉은 노랑나비들이 죽음을 준비하며 인생에서 한번 뜨거운 열정을 불태우고 아이가 놓쳐 버린 하얀 풍선은 멀리멀리 바다로 날아가 물고기들의 노랫말이 되고 새벽녘에 이슬을 머금은 꽃들은 알 수 없는 벌레가 되어 꿈속에 찾아온다. 엄마는 그런 이상한 말은 하지 말라고 했다. 아이들은 내가 튀려고 일부러 말을 만들어 한다거나 미쳤기 때문이라고도 했다. 숨을 들이마시는 것처럼 말을 삼키면 나는 이상한 애가 되거나 튀거나 미친 애가 되지 않아도 되었다. 나는 숨을 들이마시고 들이마시고 들이마신다. 목을 조르면 이런 느낌일까? 사람의 몸에 지시를 내리는 것이 진짜 뇌일까? 결정적인 순간에 몸은 뇌의 지시를 따를 수 있을까? 어떤 스파이들은 적에게 붙들릴 때를 대비해 독약을 지니고 다닌다. 사람들은 너무나 죽고 싶어 할 때도 외부의 힘을 빌어야만 결행을 할 수 있는 것이다. 머릿속에 죽고 싶다는 생각이 가득해도 몸은 쓰러지지 않는다. 몸은 머리를 따르지 않는다. 그래서 때로 간절하게 살고 싶은 몸이 간절하게 죽고 싶은 머리로부터 도망쳐, 미친 채로 사는지도 모른다.

'죽음과 소녀'의 소녀는 삶을 엿보고 있다. 몸과 머리가 싸우고 있는 걸까? 나는 소녀가 손가락을 깍지 껴 죽음을 꼭 껴안게 한다. 이제 소녀의 눈동자를 그릴 차례다.

5.

드로잉북을 가방에 넣었다가 꺼내기를 열 번이나 반복하고는 결국
넣었다. 오늘은 CA 수업이 있는 날이다. 나는 역시 미술반에 가입했
는데 저번 학교에서는 수업 없이 자유 드로잉만 했다. 그림을 그리는
아이들도 있었지만 만화책을 보기도 했고 더러는 숙제나 다른 과목
을 공부하는 아이들도 있었다. 선생님은 수업에도, 아이들에게도 관
여하지 않았다. 여기는 뭐 다를까.

"뭐야? 이 그림들은?"

아이들은 내 그림이 불편했던 걸까, 내가 불편했던 걸까.

"똑같이 그리는 건 누가 못해."

나는 평가를 바란 적이 없다.

"정말 희한한 애야."

중학교 3학년 때 미술 선생님은 말했다.

"베껴 그리는 건 기가 막힌데 말이야."

보고 그리는 건 못한다. 말하자면 형태치다. 대상을 앞에 두고 있으면 머릿속이 텅 비어 버린다. 어떻게 선을 긋고 면을 구분해야 할지 알 수 없다. 손에 땀이 나고 가슴이 뛴다. 거기다가 빨강색 계통은 거의 사용하지 않으니 표현할 수 있는 폭도 좁다. 미술도 다른 과목과 마찬가지로 성적이 좋지 않자 아이들은 내 그림에 대한 관심을 거두었다.

우리 반이라고 하기에도 어색한 1학년 3반 아이들은 누군가 전학을 왔다는 사실을 알기는 하는 걸까? 뒷자리에 앉은 아이 정도는 자신이 늘 보던 뒤통수가 달라졌다는 것을 알고 있는 것 같다. 한 번은 신기한 물건을 구경하는 눈으로 나를 빤히 쳐다보기도 했으니까. 그 아이는 내 얼굴을 보다가 표 나게 시선을 바꾸어 자신의 이름표를 내려다보았다. 이름표에는 민도연이라고 쓰어 있었다. 얼굴을 들어 내 얼굴을 보고는 다시 이름표로 시선을 바꾸기를 몇 차례. 나도 모르게 시선을 따라 하다가 얼른 고개를 숙이고 앉았더랬다.

"눈 감고 있으면 아무것도 안 보인다."

민도연은 말했다. 그 소리에 화들짝 눈을 떴다. 나는 정말로 눈을 감고 있었다. 실은 마음의 눈도 감고 있었다. 나는 아이들을 보지 않으려고 노력하고 있는 것이다. 누군가와 친구가 되어서 즐겁게 지내다가 배신을 당해서 괴로운 쪽이 더 나을까, 처음부터 혼자여서 별일이라고는 아무것도 없이 단지 외롭고 쓸쓸한 쪽이 더 나을까. 힘들어도 좋으니 나는 잠깐이라도 친구를 가지고 싶다. 그런 마음을 너무나 잘 알고 있기 때문에 아이들을 보지 않는 것이다. 보게 되면 마음에 들어올지도 모르니까. 그러면 친구를 하고 싶을지도 모른다. 잠시나마 내 곁에 있던 친구들은 모두 나를 선택했던 아이들이었다. 실은 나는 친구가 되는 방법을 모른다. 말을 한 번 붙이려면 머릿속으로 몇 번이나 장면을 떠올리며 연습을 해 보아야 한다. 다희처럼 처음 보는데도 방긋방긋 웃으며 친근하게 말을 걸 줄 아는 건 내가 보기에 대단한 능력이다. 눈물이 날 정도로 부러운.

CA 수업은 점심 시간 후에 있었다. CA가 있는 날은 종례가 따로 없다. 전학 온 지 일주일. 일 년은 흐른 것 같다. 중간고사 성적을 적은 꼬리표가 누구에게서인지 모르게 자취를 감추고 성적표가 집으로 배달되고 아직은 기말고사 날짜가 발표되기 전, 아이들이 가장 행복해하는 며칠이다. 내게는 아무런 상관이 없다.

급식을 거르고 CA가 있는 교실로 갔다. 창가 맨 뒷자리에 앉아 드로잉북을 폈다. 별일 없다면 '죽음과 소녀'를 완성할 생각이다. 이어폰을 꽂았다. 슈베르트의 현악 4중주 14번 D단조, 지금 나한테 어울리는 건 바로 날카로운 현악기의 비장한 D단조다. 열일곱, 나는 성장하고 있는 것이 아니라 조금씩 소멸하고 있는 것 같다.

고개를 숙여 머리카락이 내려오게 해 딱 드로잉북 만큼의 공간을 만들었다. 노란색으로 작품의 붉은 톤을 대신하기로 한다. 그때였다.

드로잉북 위로 콜라맛 롤리팝이 놓여졌다. 나는 잠시 롤리팝에 시선을 주었다.

"방해했다면 미안해."

고개를 돌렸다. 순간 눈이 부셨다. 그것이 창으로 들어오는 한낮의 뜨거운 태양 때문이었는지 아니면 아이의 환하게 눈부신 웃음 때문이었는지 잘 모르겠다. 흐린 갈색의 약간 숱이 적은 짧은 머리, 역시 약간 곱슬인. 쌍꺼풀 없는 그저 평범한 눈, 특별할 것 없는 얼굴인데도 가슴이 뛰기 시작했다. 입을 열면 떨고 있는 것이 들킬 것 같아서 아무 말도 할 수 없었다. 천천히 이어폰을 뺐다. 아이는 내 옆에 쪼그려 앉아 한 팔을 책상에 걸치고 나를 올려다보고 있다. 영화처럼, 시간이 멈춘 것 같았다.

"난 피피야."

피피는 그렇게 내게로 왔다. 그때 내가 에곤 실레의 '죽음과 소녀'를 옮겨 그리고 있지 않았더라도 피피가 운명처럼 느껴졌을까? 알 수 없다. 어떤 아이가 이전과는 다른 방식으로 마음을 뛰게 하고 있다, 나는 당황하고 있었다.

"물론 진짜 이름은 아니야."

아이는 허스키하게 웃었다. 웃음소리가 참 듣기 좋았다.

"너랑 나랑 같은 반이야."

이 아이가 노래하는 소리는 어떨까, 궁금했다.

"CA도 같아."

아이는 잘 웃었다. 나도 따라 웃으려다 그만두었다. 오랫동안 웃지 못했다.

"진짜 이름은, 말하면 웃을 거야."

"웃지 않을 거야."

나는 한 템포 쉬었다가 말했다.

"만약에 웃으면?"

아이는 한 음절 한 음절 웃음에 적셔서 말을 했다. 웃음에 푹 젖은 목소리가 그렇게 달콤하다는 것도 처음 알았다.

"만약에 웃으면 내 부탁 하나 들어주기."

나는 얼른 고개를 끄덕였다.

"공. 필. 순."

나는 웃었다. 피피의 부탁을 들어주기 위해서였는지 정말 웃겨서였는지 모르겠다.

"거봐. 웃었다."

피피와 나는 마주 보며 웃었다. 나는 책상 언저리에 얹힌 피피의 손을 보았다. 마디가 굵은, 그저 평범한 손이었다. 반지는 없었다. 그 손을 잡고 싶었다.

"나는 피피고 내 친구들은 소피, 미피, 정피야. 우리는 피자매들이거든."

피자매······.

"무섭지? 의리로 맺어진 친구들이어서 그래."

붉은 피, 그리고 희자매라는 이름을 붙였던 다희가 생각났다.

"네가 내 친구가 된다면 넌 재피야. 네 이름이 제일 예쁘다. 재피."

피피는 자리에서 일어서더니 드로잉북을 들여다보았다. 한 손은 책상 모서리에 둔 채, 그리고 다른 손으로는 의자 등받이를 잡았다. 몸은 닿지 않았지만 안겨 있는 듯한 느낌이 들었다. 나는 그만 머리를 기울여 피피한테 기댈 뻔했다.

"멋지다! 나는 무식해서 이런 거 잘 몰라."

피피는 아무렇지도 않게 말했다.

"내가 그린 거 아니야. 에곤 실레가 그린 '죽음과 소녀'라는 작품 보고 베낀 거야."

나는 얼른 말했다.

"똑같이?"

"조금 바꿨어. 소녀의 팔 부분 같은 거. 원래 그림에는 깍지를 끼고 있지 않거든."

"네 생각을 넣은 거구나. 정말 대단해!"

나의 생각을 넣었다, 그런 건가? 나는 그저 옮겨 그릴 줄만 안다고 생각했다. 그러고 보니 늘 어느 한 부분 정도는 다르게 그렸던 것 같다. 피피 말대로 하자면, 내 생각을 넣어서.

"미대 갈 거야?"

"나 그림 못 그려."

"이렇게 잘 그리는데 왜 못 그린다고 하지? 너무 겸손한 거 아니야?"

겸손하다고 생각한다. 어떻게 하지? 어떻게 해야 하는지 모른다. 한숨을 쉬자 가슴도 내려앉았다. 자세를 고쳐 앉았다. 단지 외롭지 않기 위해서 친구가 되고 싶은 건 아니다. 단지 친구가 필요해서 잘 보이고 싶은 게 아니다. 나는 벌써 피피의 눈에서 빛이 꺼지고 피피의 입에서 다정한 소리가 나오지 않을 것을 걱정하고 있다. 나는 너무나 보잘 것 없어 피피가 실망하며 떠나도 할 말이 없을 것만 같다. 고개를 숙여 머리카락이 흘러내리게 했다. 나는 이미 도망치고 있다. 피피가 사라졌다. 차라리 눈을 감았다. 내가 그렇게 눈을 감았을 때 부드러운 손이 내 머리카락을 감아쥐었다. 가슴이 쿵, 하고 떨어졌다.

"머릿결 너무 좋아."

피피는 내 귀에다 대고 말했다. 나는 도망칠 수 없다는 걸 깨달았다. 내가 할 수 있는 건 피피가 최대한 늦게 떠나게 하는 것뿐이었다.

6.

나는 피피를 보기 위해 눈을 떴다.

그냥 아줌마일 뿐이었던 담임 선생님은 마흔 살이 다 되어 가는, 왼쪽 볼에 얽은 자국이 있는 노처녀였고 뒷모습으로만 기억하고 있는 수학 선생님은 조금 많고 깡마른 남자라는 것과 아이들이 떠들기 시작하면 유행 지난 검은 뿔테 안경을 올리며 당황한다는 것도 알게 되었다, 보게 되었다. 화학 선생님은 꽤 멋쟁이여서 늘 스카프를 두르고 다니는데 달라지는 스카프의 종류만큼 매는 방법도 많이 알고 있었다.

반장 명지는 고양이 키티에 빠져 있는 애였다. 키티 가방, 키티 핸드폰 케이스, 키티 머리핀부터 키티 공책과 볼펜, 수첩, 파우치, 쿠션 등 없는 게 없다. 명지는 키티가 단지 입을 닥치고 있어서 좋다고 했다. 키티는 입이 없어서 닥치고 있을 수밖에 없지만. 반에서 가장 웃기는 애는 유미다. 유미는 기분이 왔다갔다 할 때가 많고 자기말로, 감정 조절에 실패해 폭발할 때가 있다. 건들지 마, 유미가 그렇게 말하면 아이들은 건들지 않는다. 유미는 모창을 잘하고 개그맨 흉내도 잘 내는데 간혹 결석을 한다. 그럴 때마다 오디션을 보고 왔다고 했다. 이지는 이름처럼 이지적으로 생긴 아이인데 아주 얌전하다. 이지는 마찬가지로 조용한 성격인 소미하고 친하다. 이지하고 소미는 점심 시간이면 창가에 나란히 놓인 제라늄 화분에 물을 주곤 했다. 생텍쥐페리의 책 '어린왕자'에 나오는 제라늄은 건기에 강한 식물로 여름 나는 것을 무척이나 힘들어 하는데 이지와 소미의 고상한 소일거리로 인해 여름이 되기도 전에 죽었다. 교실 뒷문 옆에 걸려 있는 거울 앞에는 늘 리아가 있다. 딱히 뭘 하는 것은 아니다. 거울 공주가 별명인 리아는 전신 거울 앞에서 물에 비친 자신의 모습을 보고 반했던 나르키소스처럼 홀린 듯 서 있곤 한다. 다른 친구들과 이야기할 때도 리아는 거울 속의 자신을 보며 한다. 리아는 마씨여서 더 인상적으로 느껴졌다. 뒷자리에 앉은 민도연은 체구와는 어울리지 않게 커다란 가방을 메고 다녔는데, 쉬는 시간이나 점심 시간에도 그 커다랗고 노란 가방을 메고 돌아다녀서 수업 시간에도 가방을 멘 채로 있는 게 아닐까, 궁금할 정도였다. 나는 피피가 있는 1학년 3반을 단박에 스펀지처럼 흡수했다. 이렇게 재미난 세계를 왜 그동안 모르고 지냈는지 이해가 되지 않았다.

피피의 모습은 멀리서도 빛이 났고 피피의 웃음소리는 아무리 작아도 귓가에서 특유의 허스키한 음성으로 퍼졌다. 나는 늘 피피를 보고 있었기 때문에 피피와 눈이 마주칠 때가 많았다. 그럴 때마다 피피는 따뜻하게 웃어 주었다. 피피와 단짝인 아이는 소희였다. 그러니까 소피.

"야, 이 못된 공필순 놈아. 애들이 오줌이라고 놀리잖아!"

소피라고 하고 싶지 않다. 나는 그냥 소희라고 하겠다. 소희는 무식하고 무례하게 피피에게 폭력을 행사한다. 피피의 등을 가격하고 두 손으로 힘껏 떠다민다. 피피는 도망간다. 한 명은 도망가고 한 명은 쫓아가고, 둘 다 웃고 있다, 연인처럼.

"소피 마르소라는 완전 예쁜 배우도 있어."

피피는 애원하듯이 말한다. 소희는 결국 피피를 잡고 목을 조른다. 나는 둘의 몸이 완전히 밀착되어 있는 것을 본다. 아무렇게나 질끈 묶은 머리, 여자인지 남자인지 구분이 쉽지 않은, 개성이라고는 진혀 찾아볼 수 없는 장소희는 늘 체육대회 같은 것을 금방 마친 사람처럼 열에 들뜨고 지쳐 보였다. 나는 고개를 돌리고 눈을 감는다. 피피 옆에는 장소희가 아니라 내가 있다. 피피의 단단한 어깨를 두 손으로 누르며 점프를 하는 것도 피피의 너무 부드러워서 부서질 것만 같은 가느다란 머리카락을 헝클어뜨리는 것도 피피의 허리를 두 손으로 꼭 껴안는 것도 장소희가 아니라 바로 나다. 피피의 슬픈 생각을 하고 있는 것 같은 촉촉한 두 눈동자가 바라보고 있는 것도 나다.

피피의 친구들은 모두 피, 돌림이라고 했다.

"초등학교 때부터 그랬어."

그 말을 하는 피피의 눈동자는 조금 완고해 보였던 것도 같다.

"필순이였을 때는 좀 부끄럽고 그랬는데 피피가 되니까 갑자기 행복해지는 거야. 이름 하나 바꿨을 뿐인데 말이야. 물론 친구들 사이에서만 그렇지만."

"친구들이 이름을 제일 많이 부르잖아."

그 소리에 피피의 눈이 빛났다.

"나도 피피라고 부를게."

넌 나를 재피라고 불러 줘.

"날 아는 애들은 다 그렇게 불러. 피피라고."

나도 네 친구였으면 좋겠어.

마음을 드러내지 않은 건 잘한 일이었다. 아이들은 누구나 피피라고 부를 수 있었지만 아니 피피라고 불러야 했지만 피, 를 사용할 수 있는 건 피피뿐이었다. 이름 끝에 무슨 훈장처럼 피, 로 끝나는 아이들, 그 아이들만이 피피에게 친구로 인정받은 피자매였다. 다들 공부를 꽤 잘하는가 보았다, 피피처럼. 다들 집안도 부유한가 보았다, 피피처럼. 다들 거리낄 것 없이 당당해 보였다, 피피처럼. 문득 내 몸피가 너무 크다는 생각이 들었다. 나는 아주 작아져서 아이들 눈에 띄지 않기를 바랐다. 눈에 뜨이지 않는 나는 피피를 마음껏 바라보아도 되고 작아진 몸피만큼 목소리도 작아진 나는 마음껏 피피를 불러도 될 것이다.

인기 있는 아이들이 갖추고 있는 일련의 조건들, 공부를 잘하고 집안이 부유하고 성격까지 활달한, 그건 내가 피피를 좋아하는 이유들이 아니었다. 나는 피피가 어떠한 아이여도 상관이 없었다. 솔직히 말하면 그 반대다. 피피가 공부를 못하고 가난하고 성격에도 문제가 많아 아이들로부터 따돌림을 받는 아이라면 얼마나 좋을까? 하는 생각을 얼마나 많이 했던가! 나는 피피한테 해 줄 게 없었다. 나는 자꾸 움츠러들었지만 이미 뜨인 눈은 더 많은 것을 보았고 열린 귀는 더 많은 것을 들었다.

피피의 친구들은 웬일인지 모두 CA가 다른 모양이었다. CA를 하는 교실에는 피피 외에 피, 로 불리는 사람이 없다. 내가 그냥 재희인 것처럼. 나는 제일 먼저 교실에 들어섰다. 피피를 처음 본 그날의 느낌이 되살아난다. 온몸의 세포들이 일제히 일어나 피피를 부르고 있는 것 같다. 지난번과 같은 지리에 앉아 피피의 손이 닿았던 책상 언저리에 손을 얹었다. 피피의 온기는 남아 있을리 없지만 가슴은 느끼고 있다. 머리카락을 귀 뒤로 넘겼다, 어색하다. 다시 머리카락을 늘어뜨리고 드로잉북에 시선을 떨어뜨렸다. 소녀의 눈동자는 아직 텅비어 있다.

지난 번, 피피는 내 옆자리에 앉았다. 선생님은 학생들에게 무리가 되는 수업을 해서 부담은 주지 않겠다는 얼굴을 하고 있었다. 시험이 끝났다는 것을 이유로 선생님이 제안한 것은 크로키였다.

"너희들이 싫다면 뭐 굳이 할 필요는 없고."

목소리에서 자조적인 느낌이 묻어났다. 아이들은 해도 되고 안 해도 된다는 식의 어정쩡한 태도였다.

"뭐 굳이 반대가 없다면 시작해 봅시다."

선생님은 조금은 기운을 얻은 듯 목소리에 힘을 주었다. 1분 크로키였다. 포즈를 취하는 건 선생님. 당혹스러웠다. 열 개의 포즈는 다양하게 그리고 거침없이 바뀌어 갔다. 실물을 보고 그리는 건 하지 못한다. 더구나 크로키라니 엄두도 나지 않았다.

"어떻게 그릴 건지 생각하지 마세요."

나는 허리를 꼿꼿이 폈다.

"한 선으로 갑니다. 스케치북 보지 말고. 자, 나한테서 눈을 떼지 마세요."

선생님은 다리를 모으고 두 손으로 얼굴을 감싸는 포즈를 취했다.

"손가락이 춤을 추는 거예요."

손가락은 검은펜을 꼭 쥐고 있다.

"이번엔 뒷모습."

선생님은 칠판 쪽으로 몸을 돌리고는 허리에 양 손을 걸쳤다. 나는 도화지에 선 하나 긋지 못했다. 흘낏 피피를 바라보았다. 무표정한 얼굴로 기계적인 손동작을 하고 있다. 내 시선을 의식했는지 돌아본다. 그러고는 고개를 절레절레 흔든다.

"이번에는 남자들이 가장 섹시하다고 느끼는 포즈."

선생님은 상체를 틀어 우리 쪽을 돌아보았다.

"어렵니?"

아이들은 긍정도 부정도 하지 않았다. 누군가, "힘들어요." 하고 말했고 그건 전체 의견이 되었다.

"그럼 좀 쉬었다 하자."

선생님은 의기소침해진 얼굴로 자리에 앉았다. 피피는 문제집을 꺼내고 있었다. 나는 아무것도 그리지 못한 드로잉북을 덮었다.

"괜찮아."

피피가 말했다.

"저 선생님은 검사 같은 거 하지 않거든."

고개를 끄덕였다. 피피는 내가 아무것도 그리지 않은 것을 알고 있다.

"공부해도 혼내지 않아."

공부하는 척을 해야 하는 걸까? 나는 피피에게서 억지로 시선을 거두고 드로잉북을 폈다. 나를 이상한 아이로 생각하지 않을까? 온통 그 생각뿐이었다.

하얀 도화지 위에서 피피가 웃고 있다. 피피를 그릴 수 있다면 얼마나 좋을까? 눈을 감고 선생님이 취했던 포즈를 하나하나 떠올려 보았다. 목덜미가 드러나도록 머리카락을 두 손으로 감아올리고 있던 모습을 눈으로 그려 본다. 선이 긴 사람이었다, 선생님은. 모딜리아니의 그림처럼. 눈을 뜨자 선생님의 모습도 사라졌다. 다시 눈을 감았다.

"일찍 왔네."

피피의 냄새가 난다. 내가 가장 좋아하게 된 냄새, 시원한 파코향. 피피는 왜 향수를 뿌리는 걸까? 나는 천천히 눈을 떴다. 마음을 고르기 위해.

"부탁 하나 들어주는 거 잊지 않았지?"

피피의 눈이 장난스럽게 빛나고 있다. 나는 어색하게 웃었다.

"뭐야, 그런 얼굴 해도 소용없어. 약속은 약속이니까."

피피는 느닷없이 내 머리카락을 헝클어뜨렸다. 가슴이 내려앉았다.

"아이구, 머리가 엉망이 됐네."

피피는 웃음 섞인 소리로 말하고는 오른손으로 책상을 짚은 채 왼손으로 내 머리에 손을 올렸다. 따뜻했다. 피피는 나를 내려다보고 있어서 시선은 피피의 가슴께로 갔다. 그 가슴에 머리를 기대고 싶은 마음을 애써 참았다. 가슴이 더 빠르게 뛰기 시작했다. 나는 그만 침을 꼴깍, 삼켰다. 피피가 그 소리를 들었을 것 같아서 조바심이 일었다, 머리 만지는 것을 그만둘까 봐 걱정이 되었다. 머리카락을 정돈해 주던 손길은 이내 쓰다듬는 것으로 바뀌었다.

"우리 사귈까?"

잘못 들었다고 생각했다.

"어떻게 생각해? 우리 잘 어울릴 것 같지 않니?"

잘못 들었어도 좋다고 생각했다.

"좋아."

"그럼 넌 이제 재피야."

난 재피가 되었다.

"하지만 이건 부탁은 아니다. 부탁이라는 건 상대방이 들어주기 곤란하기 때문에 부탁인 거니까."

피피는 내 머리카락을 귀 뒤로 넘겨주면서 말했다.

"앞으로는 이렇게 하고 다녀. 얼굴이 잘 보이니까 좋잖아."

피피가 원하는 건 뭐든지 들어주고 싶었다. 머리카락을 귀 뒤로 넘기는 것쯤은 아무것도 아니었다.

7.

수업 시간에는 쉬는 시간을 기다렸다. 피피는 내 자리에 올 때도 있고 오지 않을 때도 있었다.

"What could anyone really say about me? I could still do all the same things the other kids did."

나는 영어 선생님의 목소리를 듣고 있었다. 영어와 어울리게 또박또박하고 날카로운.

"I의 마음에 대해 대답해 보세요."

수업은 늘 그렇듯 공부를 잘하는 아이들 중심으로 흐른다.

"In fact, I used to say to my friends, 'I may had no arms or legs, but there's a lot of stuff I can do better than you."

영어가 시끄럽게 들리는 이유는 무엇일까? 불어는 동글동글한데 영어는 뾰족뾰족하다. 그런 생각을 하고 있을 때였다.

"전학생이 있다고 들었는데."

가슴이 내려앉았다.

"한재희."

나는 겨우 손을 들었다.

"대단한 미인이 전학을 오셨네."

선생님은 웃음을 섞어 말했다. 몸이 오그라드는 것 같았다.

"보기를 좀 줄까?"

인심을 쓴다는 말투였다. 아이들의 야유 소리로 교실 안은 잠시 소란스러웠다. 선생님은 아랑곳하지 않았다.

"1번 worried, 2번 depressed, 3번 happy, 4번 confident."

어차피 답은 모른다. 아무거나 대답하려고 고개를 들었을 때 뒤를 돌아보는 피피와 눈이 마주쳤다. 선생님 모르게 손짓을 하고 있다.

"4번이요."

피피는 활짝 폈던 손가락 네 개를 서둘러 접었다.

"오케이. 4번 confident. 뜻은 뭐지?"

"확신하는. 자신만만한."

대답을 한 건 피피였다.

"너한테 물어봤냐."

선생님은 퉁을 주고는 수업을 계속했다.

쉬는 시간, 피피가 내게로 왔다.

"영어 별명이 버터야. 상한 버터. 예쁜 애들 되게 좋아해. 우리 재희를 괴롭히면 안 될 텐데."

피피는 말하면서 어느새 내려온 머리카락을 귀 뒤로 넘겨주었다. 아무래도 상관없었다. 피피는 이제 알게 되었을까? 내가 얼마나 공부를 못하는지. 머릿속으로는 그 생각뿐이었다.

"너 수업 시간에 얼마나 웃긴지 아니?"

그 말을 한 건 다희였다.

"정말 거울이 있다면 보여 주고 싶을 정도라니까."

"왜? 뭐가?"

다희는 빙글빙글 웃으면서 뜸을 들인 뒤 이야기했다.

"네 눈동자 말이야. 정말 아무것도 이해하지 못한다는 그런 백치의 뻥 뚫린 눈빛이랄까."

다희는 즐겁다는 듯이 웃음을 터뜨렸다. 그런 바보 같은 눈동자를 피피도 보았을까? 그래서 답을 가르쳐 준 걸까?

"아까는 고마웠어."

"뭘, 넌 당황했을 텐데. 그까짓 것 대답하든 안 하든 틀리건 말건 상관도 없는 일이고."

피피는 웃었다. 나도 따라 웃었다. 피피는 정말 공부 따위는 중요하게 생각하지 않는 걸까? 주위의 시선 따위 아무렇지 않은 걸까? 나는 좀 더 안심해도 되는 걸까? 자꾸만 내려오는 머리카락을 귀 뒤로 넘기며 피피를 따라 식당으로 들어갔다. 이제 나는 밥을 혼자 먹지 않는다. "우리 사귈래?" 피피가 그 말을 한 이후로 피피의 친구들과 함께 먹는다.

"넌 뭘 잘해?"

소희는 내내 관찰하는 눈이더니 물었다. 좋아하는 걸 물어보면 대답할 수 있을 것 같은데, 잘하는 건 모르겠다. 어색한 침묵이 흘렀다.

"사람이 꼭 뭘 잘해야 하니?"

피피가 대신 대답했다.

"나는 하루피욘 좋아해."

그렇게 말을 한 건 미나였다. 마치 내 마음을 읽은 것처럼.

"얜 틈만 나면 하루피욘야."

정화는 못마땅한 얼굴을 했다.

"표절에 대해서 뭐라고 해명을 해야 할 거 아냐. 정말 비겁해."

"그거야 소속사에서 할 일이지."

"그러니까 더 문제라는 거야. 가수가 노예야? 아님 입이 없어? 줏대가 없어요, 줏대가."

나는 아이들이 하는 이야기를 들으면서 슈베르트, 에곤 실레의 그림들, 마티아스 클라우디우스 시를 떠올렸다. 그런 이야기를 해도 아이들이 나를 이상하게 생각하지 않을까, 생각했다. 들어만 준다면 스투디움하고 풍크툼에 대해서도 이야기하고 싶었다.

"재피는 특별히 좋아하는 건 없어. 그렇지?"

옆자리에 앉은 피피는 나를 돌아보며 자연스럽게 물었다. 마치 좋아하는 것들에 대해서 둘이 많은 이야기를 나눴던 것처럼.

"그게 재피야. 사람이 꼭 뭘 좋아해야 하는 건 아니니까."

"피피, 너 한재희 대변인 같다."

소희가 말했다. 공기가 팽팽하게 당겨졌다. 지금 피피가 나를 변호하고 있는 건가? 모양새는 그랬다.

"평생 해라, 대변인."

소희는 자리에서 벌떡 일어섰다.

"너네도 다 먹었으면 가자."

미나와 정화도 자리에서 일어서고 피피와 나 둘만 남았다.

"예상은 했지만."

피피가 입을 떼었다.

"질투하나 봐. 내가 널 좋아해서."

얼굴이 확 달아올랐다.

"괜찮아."

내가 미안하다고 말하기도 전에 피피가 먼저 말했다. 웃는 얼굴이 쓸쓸해서 가슴이 아팠다.

"주말에 놀러 갈까?"

"둘이서?"

나는 물었다. 피피는 내 머리끝을 몇 가닥 잡아 검지 손가락으로 돌리면서 말했다.

"진짜 머릿결 좋아. 이러고만 놀아도 재밌겠다."

피피는 환하게 웃었다. 그날처럼, 눈부신 웃음이었다.

8.

몇 시쯤 되었을까. 옷을 고르느라 새벽녘에야 잠이 든 것 같다.

"가지 마!"

눈을 떴다. 열 시다. 피피와 만나기로 한 건 열두 시. 침대에 걸터앉았다.

"가지 말라고!"

엄마? 방문에 귀를 갖다 댔다.

"어디를 가는 거건 상관없어. 무조건 가지 마!"

방문이 거칠게 열리는 소리가 난다. 이어서 현관문이 열리고 닫히는 소리.

"재민아, 재민아."

오빠였나 보다. 살짝 문을 열었다. 엄마 그리고 아빠가 서 있다.

"진정해."

아빠는 엄마를 다독이고,

"당신이 가면 돌아 버릴 것 같단 말이야. 그러니까 오늘은 나가지
마."

엄마는 아빠한테 애절하게 매달려 있다. 무슨 일일까? 이사를 하고
나서 두 분이 다시 좋아진 게 아니었나? 알고 싶지 않다, 지금은.

외출할 준비를 마치고 나오는데 소파에 있는 시커먼 덩어리가 시야
에 들어왔다. 흠칫 놀라 무릎이 꺾였다. 검은 드레스를 입은 엄마가
무릎을 세우고 소파에 비스듬하게 누워 있다. 나는 엄마를 깨우지
않기 위해 살금살금 현관으로 갔다.

"어디 가?"

울다 지친 목소리다.

"친구 만나러요."

"공부도 못하는 게 한가하게 놀러나 다니고."

아무리 들어도 내성이 생기지 않는 말, 공부도 못하는 게. 가까운
사람한테 들으면 더 상처가 되는 말, 공부도 못하는 자는 인간이기
를 포기해야 한다. 아, 생각을 멈춰! 기분을 망치면 안 돼. 노란 플랫
슈즈를 꺼내 신고 밖으로 나왔다. 어쩌면 내가 너무 예민한지도 모
른다.

"사람들은 너한테 관심 없어."

다희는 꼭 그렇게 말해야 했을까?

"다들 자기 문제에만 관심이 있는 법이니까."

나도 잘 알고 있다.

"네 외모가 문제랄까. 너무 언밸런스해. 그렇다고 네가 연예인이 될 배짱이 있는 것도 아니니까."

다희는 내 생각들 중에서 가장 어두운 부분을 핀셋으로 들어내 보여 주기를 잘했다. 다희는 왜 나에게 접근했을까? 피피는 믿어도 되는 걸까? 다리는 서둘러 피피한테 달려갔다. 피피의 환한 얼굴을 보기 위해, 피피의 허스키한 웃음소리를 듣기 위해. 쌉싸름한 파코향을 맡기 위해.

번화한 곳에 가고 싶다는 피피의 말에 약속한 곳은 홍대였다. 학교 밖에서 보는 피피는 조금 왜소해 보였다. 흐린 날씨 탓이었을까? 피피는 빛이 꺼져 버린 새벽녘의 가로등처럼 희미해서 자꾸만 잃어버릴 것 같았다. 나는 귀고리를 구경하는 피피를 보고 유리에 전시된 가방들 중에서 마음에 드는 몇 개를 유심히 바라보는 피피를 보고 바닐라맛 소프트 아이스크림을 먹는 피피를 보았다.

"내가 그렇게 좋아?"

스파게티 집에서 피피는 물었다. 장난이 가득 담긴 눈동자를 하고서. 물론 너무 좋다. 하지만 그게 전부는 아니다. 잃어버릴 것 같은 느낌, 그걸 어떻게 설명할 수 있을까. 세상에 내 것은 없다. 우리는 감정을 공유할 뿐이다. 어쩌면 아주 순간적인. 나는 수니라고 이름붙인 토끼 인형을 밤마다 꼭 끌어안고 잠이 들지만 아침에 일어나면 수니에게서 낯선 느낌을 받는 것이다. 수니가 사는 인형 나라를 상상하면 쓸쓸함이 조금은 달래진다. 이런 이상한 이야기를 어떻게 할 수 있을까.

"나는 네 눈동자가 좋아."

피피가 말했다.

"깊어."

그런 말은 처음 들어 본다.

"무슨 생각을 하고 있는지 궁금하게 만드는 눈동자야. 다른 애들은 다 뻔한 생각들만 하거든. 피자매들은 성적 생각밖에 안 해. 난 이제 그런 것들이 지겨워졌어."

피피는 한 손으로 턱을 괴더니 나를 빤히 바라보았다. 나도 피피를 바라보았다. 피피에게는 이야기해도 될까, 내가 느끼는 그대로를.

"난 네가 말이 없어서 좋아."

피피는 간혹 보이는 그 완고한 얼굴로 말했다.

"너랑 있으면 아무 생각이 안 나. 그게 너무 편해."

나도 모르게 침을 꿀꺽 삼켰다.

"그런 게 정말 친구 아니니?"

나는 정말 피피와 친구가 된 걸까?

피피는 강물이 보고 싶다고 했다. 우리는 스파게티 가게에서 나와 마을버스를 타고 한강변으로 갔다. 사람들이 많았다. 바짝 붙어서 걸었기 때문에 슬쩍슬쩍 팔이 닿았다. 피피는 자연스럽게 팔짱을 끼었다. 다정한 친구처럼.

우리는 강물을 가까이서 볼 수 있는 곳에 자리를 잡고 앉았다. 피피가 어깨에 머리를 기대어 고개를 살짝만 돌려도 피피의 부드러운 머리카락이 볼에 닿았다.

"너는 내가 왜 좋아?"

피피는 물었다. 강물에 시선을 둔 채로.

"공부를 잘해서?"

피피는 왜 이렇게 어이없는 질문을 할까?

"나는 네가 어떤 애인지 모르고 좋아했어."

내가 하는 말을 듣기는 한 걸까? 피피는 갑자기 몸을 바로 하더니 말했다.

"중간고사 성적이 엉망이야. 기말고사에서 성적을 올리지 못하면 난 죽을 거야. 너 모르지? 내 몸은 멍투성이야. 옷으로 가려서 보이지 않는 거야."

나는 피피를 돌아보았다.

"성적이 떨어지면 맞아. 허벅지는 반바지를 입어도 보이지 않으니까. 이번에는 많이 맞았어."

나도 모르게 피피의 손을 잡았다. 알지 못하는 피피의 부모에 대해 분노가 일었다.

"넌 정말 멋진 애야."

"부모님한테는 아니야. 공부를 잘해야만 나는 괜찮은 애인 거야."

"나도 그 마음 알 것 같아."

"너 같은 애는 몰라."

피피는 빠르게 말했다.

"공부를 잘하는 애들이 더 스트레스를 많이 받는다구."

그렇구나, 피피는 내가 공부를 못하는 걸 알고 있구나. 나는 슬그머니 피피의 손을 놓았다. 피피는 그것을 아는지 모르는지 다시 기대어 왔다.

"소피 엄마랑 우리 엄마랑 친하거든. 그래서 더 짜증 나. 두 분이서 우리 성적을 비교하니까."

나는 해 줄 수 있는 말이 없었다.

"가자."

피피는 일어섰다.

"집에서는 나 과외 갔는 줄 알아. 지금쯤 들어가면 걸리지 않을 것 같애."

나는 피피를 올려다보았다. 아쉬움이 밀려왔다. 내 마음을 알아차린 걸까? 피피가 손을 내민다. 나는 피피의 손을 잡고 천천히 일어섰다.

"너랑 같이 있으면 너무 편해."

다행이었다.

"내 마음대로 할 수 있으니까."

아무래도 좋았다.

"그런 게 친구 아니니?"

피피가 돌아보며 웃는다. 그날처럼. 나도 따라 웃었다. 우리는 마주 보고 웃었다, 오랫동안. 잡은 손도 놓지 않았다, 오랫동안.

행복했다. 나는 어깨가 펴지고 얼굴이 펴졌다. 잔뜩 웅크리고 있던 가슴도 펴졌다. 누군가 나를 바라보아도 꿀릴 게 없었다. 아니, 그 누구라도 나를 보아 주었으면 하는 생각이 들었다. 다희가 이런 내 모습을 본다면 얼마나 좋을까? 피피를 배웅하고 집으로 가는 버스를 탔다. 내게는 아직 피피의 향기가 남아 있어 홀로 남았어도 쓸쓸하지 않았다.

9.

　드로잉북을 열었다. 하루도 빼먹지 않고 들여다보던 에곤 실레의 '죽음과 소녀'를 오랜만에 본다. 모래 폭풍이 불고 있었다. 바람은 내 몸에 있는 구멍들, 눈과 귀와 입, 코와 배꼽으로 거침없이 흘러들어 서걱거렸다. 모래로 가득 찬 두 눈은 아무것도 보지 못했다. 두 귀에서는 돌멩이들이 부딪치며 굴러 떨어지는 소리가 들렸다. 꼭 다문 입 속 가득 마르고 거친 모래를 잔뜩 물고서 나는 쓰러졌다. 누구라도 붙잡아 주기를 바랐다. 검은 덩어리가 손을 벌리고 다가왔다. 꿈이었다. 나는 모래사장을 맨발로 걷는 어린아이처럼 뒤뚱거리며 아빠의 서재로 들어갔다. 몸이 한 일이었다. 형광등을 켰다. 불빛에 깜짝 놀란 눈을 깜빡거리지도 않고 화집들을 하나하나 빼서 그림들을 확인하기 시작했다. 아빠가 하나둘 사서 모은 귀한 화집들이다. 나는 그 화집들을 아무렇게나 바닥에 던졌다. 필사적으로 어떤 이미지를 찾고 있었다, 찾지 못하면 나를 영원히 잃어버릴 것만 같았다. 거칠게 책장을 넘기던 손이 멈췄다, 나는 그 자리에 주저앉았다. 어쩌면 정신을 잃었던가. 아주 오랫동안 그림을 들여다보았다. 에곤 실레의 '죽음과 소녀'였다.

내가 하찮게 느껴질 때마다, 상처 입은 가슴이 헤집혀 쓰라릴 때마다 나를 위로해 주는 그림이다. 나는 때로 '죽음과 소녀'의 소녀가 된다. 내가 없어져 사라지는 상상을 하면 삶의 무게가 조금은 가벼워지는 느낌도 들었다. 눈동자를 그려 넣는 건 미루기로 한다.

피피를 그릴 수 있을까? 도화지가 너무 하얗다. 문득 "생각하지 마세요." 하던 미술 선생님의 말이 떠오른다. 왜 그런 말을 했을까? 생각하지 않고 그린다는 게 무슨 뜻인지 나는 모른다. 눈을 감은 채 손가락에 힘을 주었다. 아무도 보지 않으니까 상관없다. 아무에게도 보여 주지 않을 거니까 상관없어. 색연필이 도화지에 닿는 느낌이 든다. 피피가 보고 싶어. 마음속에 새겨진 피피의 얼굴을 그린다. 눈을 떴다. 이건 도저히 사람이라고 볼 수 없다. 나는 뒤엉킨 선들 속에서 피피의 눈동자와 입술을 간신히 찾았다. 머리가 잘못된 걸까, 손이 잘못된 걸까. 어느 부분에선가 회로가 오작동해서 외계 그림을 보내는 것 같다. 역시 안 되는 걸까?

교실에 도착하자마자 피피를 찾았다. 학교에서 보는 피피는 조금 더 커 보였다. 거리에서는 굽은 듯 보이던 어깨도 반듯하고 꾸부정하던 허리도 꼿꼿하다. 가방을 책상 위에 놓고 핸드폰을 만지작거리며 일어섰다.

"별일 없니?"

그렇게 물은 건, 민도연이었다. 내가 어리둥절해 하고 있는 사이,

"없으면 됐고."

민도연은 귀찮다는 얼굴을 하고는 책상 위에 엎드렸다. 숱 많은 까만 머리가 하트 모양 쿠션 위로 쓰러졌다. 여전히 커다란 가방을 메고 있다. 무슨 말을 하려고 했을까? 나는 피피한테 가려던 것을 잊고 자리에 앉았다. 피피는 왜 뒤 한 번 돌아보지 않는 걸까? 내가 학교에 잘 왔는지 궁금하지 않은 걸까? 내가 보고 싶지 않은 걸까? 피피는 공부를 하는가 보았다. 그래서 나는 다가갈 수 없었다.

망설이는 사이 0교시 수업이 시작되었다. 나는 피피가 시야에 들어오게 하기 위해 머리카락을 귀 뒤로 넘겼다. 쉬는 시간도 없이 조회가 시작되고 다시 정규 수업이 시작되었다. 피피는 간혹 이야기를 하거나 웃기도 했지만 나를 향한 건 아니었다. 쉬는 시간이면 자리에서 일어나기도 했지만 나에게 오기 위한 건 아니었다. 어제까지만 해도 다정했던 피피가 왜 갑자기 나를 모르는 척하는지 이해할 수 없었다. 점심시간을 초조하게 기다렸다, 아니 점심시간이 오지 않기만을 바랐다. 피피는 이제 나 같은 건 돌아보지도 않기로 결정한 걸까? 슬그머니 머리카락을 내렸다. 피피를 잃고 싶지 않았다.

하지만 시간이라고 하는 건 죽음 이전에는 어찌할 수 없는 것. 점심시간을 알리는 종은 어김없이 울렸다. 눈을 감았다. 아이들의 말소

리와 웃음소리가 평화롭게 들린다. 다시 혼자가 되는 건가? 다희 말처럼, 아무도 내게 신경 따위 쓰지 않을 것이다. 다만 이번에는 이유를 알고 싶다. 눈을 떴을 때 피피가 앞에 있으면 좋겠다. 어제처럼 피피가 웃고 있다면 얼마나 좋을까? 눈을 떴다.

"밥 먹으러 가자."

분명 피피였다. 나는 너무 좋아서 그만 울 뻔했다.

"얼굴이 왜 그래? 몸이 안 좋아?"

피피를 난처하게 만들고 싶지 않아서 고개만 가로저었다. 나는 좀 뒤처져서 걸었다. 피피는 무슨 골똘한 생각을 하는 것처럼 내 쪽은 쳐다보지 않았다. 그래도 괜찮았다. 피자매들과 둘러 앉아 밥을 먹는 건 여전히 어렵고 어색하다. 그래도 괜찮았다.

"수학 짜증 나지 않냐?"

소희는 아이들을 보며 말했다. 피피를 본 뒤 나는 건너뛰고 미나와 정화에게 시선을 준다.

"연습문제 5번 말하는 거지?"

피피는 되물었다.

"그래, 5번. 그걸 왜 그따구로 설명하냐고. x, y 범위 설정부터 해야 하는 거 아니야?"

"나는 수학 시간에 그냥 문제집 푸는데."

미나.

"수학, 서울대 나왔다는 게 말이 되냐?"

정화.

"5반은 기말고사 일정표 나눠 줬대."

소희.

"으아~ 벌써!"

일동 모두.

"오늘부터 우리 밥 먹고 도서관에서 공부할래?"

그 말을 한 건 피피였다. 벌써부터 소화가 안 되고 있었다. 수저를 내려놓았다.

"이번에도 우리끼리 스터디 하는 거지?"

역시 피피. 나는 없는 사람이었다. 자리에서 일어섰다.

"어. 재피?"

피피가 돌아본다, 놀랍게도.

"얘기 하다 와. 난 다 먹었어."

나는 웃음을 지었다, 놀랍게도.

"쟤, 어떻게 할 거야?"

누가 그렇게 말했든 상관없었다. 나는 비틀거리지 않기 위해 다리에 힘을 주었다. 문득 아침에 민도연이 물었던 게 생각났다. "별일 없니?" 결국 이렇게 되는 건가? 어디서부터 잘못된 걸까? 애초에 태어나지 말았어야 했나?

"유독 힘들게 10대를 보내는 사람들이 있지."

아빠는 말했다.

"여러 가지 이유가 있겠지. 그 이유를 알기도 하고 또 모르기도 하면서 청춘을 힘겹게 견뎠던 사람들을 아빠도 많이 알고 있어."

아빠는 내가 평범하게 자라 주기를 기대한다.

"어떤 사람한테는 평범한 것이 위대한 것이기도 해. 재희 너는 너무 예민하잖아."

그러니까 문제는 나다.

"아빠가 이만큼 살아보니까 인생 재밌더구나. 영원한 건 없어. 한 시기를 불행하게 살았다고 평생 그런 건 아니더란 말이야. 우리 재희는 지금도 이렇게 예쁜 아가씨인데 얼마나 더 예뻐지겠어? 분명 멋진 20대가 기다리고 있을 거야."

아빠, 나는 미래 같은 건 떠올려 본 일이 없어요. 아무리 노력해도 그런 상상은 되지 않는 걸요. 수첩을 꺼내 쪽지를 펴 보았다.

창문이 닫혀 보이지 않아도 태양은 언제나 환하게 떠 있단다.
알고 있지? 사랑하는 우리 딸,
재희가 자기만의 창을 발견하는 그때 아빠도 힘차게 같이 열어 주마.

내 창 같은 것 없었어요, 처음부터. 하느님이 깜빡하신 모양이야. 나는 숨을 들이마시고 들이마시고 들이마신다. 들이마신 숨들은 눈물이 되어 목구멍 안으로 똑똑 떨어진다. 몸 안에 눈물이 가득차면 죽을 수 있을까? 복도 어디쯤에서 어정쩡하게 서 있었다. 나는 몇 살까지 살게 될까? 지금 얼마큼 온 걸까? 어디쯤에서 어정쩡하게 살아가고 있는 걸까? 갈 곳이 없다. 다시 교실로 들어왔다.

핸드폰을 꺼냈다. 문자 메시지를 보내기로 한다.

왜 갑자기 내가 싫어진 거였니?

전송 버튼을 누르면 되돌릴 수 없다, 망설였다. 후회하지 않을까? 하지만 너무 궁금하다. 알 수 있다면 지금 이 순간이었으면 좋겠다. 나는 다희에게 문자를 전송하기로 한다. 다희는 희자매로 입력되어 있다, 여전히. 전송 버튼을 눌렀다. '죽음과 소녀'의 소녀를 발레리나라고 한 사건 이후 다희는 노골적으로 나를 멀리하기 시작했다. 머리가 어떻게 되어 정말로 발레리를 발레리나로 가르쳐 준 사람이 나라고 생각하지 않는 한 그렇게까지 드러내 놓고 미워하기는 쉽지 않았을 것 같다.

"가까이 오지 마!"

다희는 발악을 하며 울었다. 왜 그렇게까지 했을까?

"네가 미워, 밉다고!"

나는 자리로 돌아와 문자 메시지를 보냈다. 수십 통의 메시지 후에 답신이 왔다.

나를 위한다면 제발 내버려 둬.

나는 다희를 위하지 않았지만 내버려 두었다. 이제는 이유를 알아야겠다. 자리에서 일어나 창가로 갔다. 답신이 떴다.

먼저 연락해 줘서 고마워.

답신을 해 줘서 고맙다고 해야 하니, 쓴 웃음이 났다.

다 성조 때문이야, 아니 나 때문이야.

성조……, 나는 기억을 더듬어 보이쉬 해서 긴 머리가 어색했던 이성조를 떠올렸다.

내가 너한테 힌트 줬잖아. 다 너 때문은 아니라고.

힌트를 줘서 고맙다고 해야 하니, 머리가 복잡했다.

난 성조를 좋아했어.

내가 기억하는 성조는 친절한 아이였다. 다른 사람에 대한 배려가 몸에 배어 있는 것 같은 너그럽고 여유로운 아이.

성조가 널 좋아하는 게 싫었어.

나는 전혀 의식하지 못했다.

더 설명해야 하니? 다 지난 일인데.

다희의 뽀로통한 얼굴이 떠오르는 것 같다. 그때 전화가 울렸다.

"한 가지만 묻자."

다희는 왜 항상 당당할까.

"너 나 때문에 전학 간 거니?"

아이들에게 둘러싸여 있는 걸까? 전화기 너머는 소란스러웠다.

"아니."

"뭐라고? 좀 크게 말해."

"아니라고."

"거 봐, 아니라잖아."

아이들에게 내 목소리를 들려주고 있는 걸까?

"너네 아빠 바람나서 동네 창피해서 이사 간 거잖아. 안 그래?"

"그게 무슨……."

"알면서 왜 시치미야. 넌 꼭 그렇게 쓸데없이 고상한 척해서 사람 속을 뒤집어 놓더라. 너 정말 인간미 없어. 성조가 왜 너 같은 애를 좋아하는지 모르겠지만 그게 진짜 너는 아니잖아, 안 그래?"

속이 울렁거리기 시작했다. 전화를 끊었다. 희자매도 지웠다. 운동장을 내려다보았다. 멀리서 보는 아이들은 한가로워 보인다. 얼굴들도 비슷비슷하다. 아이들이 무슨 이야기를 하고 있는지 무슨 고민이 있는지 알 수 없다. 신이 있다면 나처럼 너무 멀리서 무심하게 보고 있는 건 아닐까? 그래서 내가 얼마나 힘들고 괴로운지 모르는 것 아닐까? 신도 어쩌면 내가 힘들다고 소리치고 울부짖어야 들을 수 있는 걸까?

화장실에 가야겠다고 생각했다. 몸을 돌렸다. 전화벨이 다시 울리기 시작했다. 희자매를 지워 버리자 번호도 낯설어졌다. 배터리를 빼고 걸음을 옮겼다. 아이들이 어깨를 부딪치며 지나갔다. 아무도 보이지 않았다. 머릿속이 비워졌기 때문인지 눈이 초점을 잃었기 때문인지 아니면 눈물이라도 고였기 때문인지 알 수 없었다. 화장실에 들어가서 나는 토했다. 울었다.

10.

결혼이라는 걸 하게 된다면 아빠 같은 사람이면 좋겠다고 생각했
다. 속으로 아빠는 엄마한테 좀 아까운 사람이라는 생각도 했다. 아
빠 정도라면 좀 더 괜찮은 여자와 결혼할 수 있지 않았을까? 하면서
말이다.

"괜찮니?"

아침 식탁에서 아빠는 물었다. 나는 아빠를 쳐다보았다. 다희는 누
구한테 그런 소리를 들었을까?

"지쳐 보이네."

"공부도 안 하는 게 지칠 게 뭐가 있다고."

엄마는 내 존재를 각인시키고 지나간다. 나는 엄마를 바라보았다.
다희가 한 말이 사실이라면, 엄마가 지금 인내하고 있는 것은 무엇일
까?

"공부도 못하는데 맨날 데려다 주는 거 지겹지 않아?"

"너 안 데려다 줘 봐라. 아빠가 가만히 있겠나. 가뜩이나 재민이하고 차별한다고 난리인데. 야, 아빠랑 싸우는 거 싫어서 데려다 주는 거야. 그러니까 그렇게 고마워할 거 없어."

엄마는 익숙하게 머리를 틀어 올리고는 핀을 꽂는다. 차에 시동을 걸고 액셀을 밟는다. 엄마가 운전하는 차는 항상 느닷없이 출발한다.

"그래도 고마워."

꿀럭거리는 차 때문에 목소리가 구겨졌다. 역시 무슨 일이 있었는지 물어본다면 아빠가 먼저라는 생각이다. 다희가 한 말이 사실이라면 어떻게 하지? 내가 알고 있는 아빠와 다르면 어떻게 하지? 아빠가 나보다, 우리 가족보다 다른 사람을 더 좋아하면 어떻게 하지? 내가 정말 두려운 건 뭐지? 모두 다. 진실을 알기 전까지는 모든 걸 보류하기로 한다. 두려움까지.

다희가 보낸 메시지를 빠르게 지웠다. 기말고사 시험 범위가 발표되었다. 진실을 알고자 했으나 알아야 할 진실이 추가되었다. 피피는 머리가 좋은 척하는 부류는 아니었다. 그렇게 하기에는 너무 성실한 아이였다. 성적에 관한 한 그랬다. 나는 피피가 들고 있는 단어장이나 문제집이 되고 싶은 생각마저 들었다.

"채인 거니?"

거울 속에서만 사는 줄 알았던 리아가 물었다.

"좀 희한하다 했지."

리아는 마치 내가 거울인 것처럼 예쁜 표정을 지으며 말했다.

"너처럼 말이 없는 애는 입도 무겁다던데 정말이니?"

무슨 말을 하려고 하는 걸까?

"아니다. 믿을 건 거울밖에 없다니까. 나는 거울한테만 말할 거야."

리아는 해바라기 모양의 손거울을 꺼내 들더니 다시 거울 속 세상으로 빠져들었다. 피피는 내가 왜 갑자기 싫어졌을까? 다희는 어쩌면 그 이유를 알고 있지 않을까, 그래서 연락을 한 거였다. 다희가 한 말들은 모두 낯설기만 하다.

"넌 꼭 그렇게 쓸데없이 고상한 척해서 사람 속을 뒤집어 놓더라. 너 정말 인간미 없어. 그게 진짜 너는 아니잖아, 안 그래?"

고상하다니, 그 따위 생각은 한 번도 해 본 적이 없다. 거칠게 이어폰을 뺏어 자기 귀에 꽂던 다희. MP3에서는 슈베르트가 흘러나오고 있었다. 고상한 척하기는, 다희는 그때도 말했다. 불쾌한 얼굴을 아직도 잊지 못한다. 나는 시간을 견디고 있었을 뿐이다. 내가 만약 공부를 잘했대도 다희는 그렇게 말했을까, 나에 대해 그렇게 밖에 생각할 수 없었을까? 피피는 나의 무엇을 보고 있는 걸까? 나에 대해서 어떤 생각을 하고 있는 걸까? 무엇이 마음에 들지 않아서 나를, 멀리하는 걸까?

점심시간, 피피는 내 자리로 오지 않았다. 나는 피피와 피자매들이 어울려 교실을 나가는 것을 보고 천천히 일어났다. "아무도 너한테 관심이 없다니까." 다희의 말이 때로는 도움이 될 때도 있다. 아무도 나한테 관심이 없다. 내가 밥을 먹든 먹지 않든, 밥을 함께 먹을 친구가 있건 없건. 교실을 막 나가려는데 누군가 팔을 붙들었다. 파코향이다. 피피다.

"깜빡했지 뭐야."

피피는 미안한 얼굴을 했다.

"괜찮은데."

자꾸 거짓말이 나온다.

"밥 먹으러 가자."

피피는 팔짱을 꼈다.

"시험 때문에 정신이 없어. 이해하지?"

숨이 가빠지기 시작했다. 피피가 너무 꼭 붙어 있기 때문인지 참아왔던 서운함이 딱딱한 돌멩이처럼 목구멍을 꽉 막고 있기 때문인지 알 수 없었다. 숨을 나눠서 내쉬었다.

"그날 나 맞았던 거 알아?"

왜?

"과외 안 한 게 걸렸어."

"미안해."

또 거짓말을 한다.

"괜찮아."

피피가 원하기 때문이다, 실은 벌써부터 알고 있었다.

"정말 괜찮으니까 걱정하지 마. 시험 끝나면 우리 또 한강 가자. 그러려면 성적을 올려야 해."

피피는 말했다. 마치 한강에 가기 위해서 성적을 올리는 것처럼, 나를 위해서 성적을 올리려는 것처럼.

"성적이 정말 좋았으면 좋겠어."

피피는 고개를 들어 허공에 대고 말했다. 왜냐고 물어봐도 될까?

"성적이 좋으면 아무도 나를 우습게 보지 못할 텐데. 내 마음대로 다 해도 되고."

순간, 걸음을 멈췄던가.

"왜? 내 말이 틀렸어?"

"아니, 맞아."

나는 고개를 끄덕였다. 공부를 잘하는 애들도 나와 똑같은 생각을 한다는 사실이 놀라울 따름이었다. 공부를 잘하는 아이들은 어려서부터 자존감이 높지 않던가? 좋은 아이로 분류되지 않던가?

"누가 너를 우습게 보는데?"

"딱히 누가 나를 우습게 본다기보다는."

그럼 뭐가 문제니?

"사람들이 나한테 더 공손했으면 좋겠다는 거지."

공손, 이라. 나는 잘못 들었다고 생각했다. 피피가 단어 선택을 잘못했거나. 그래서 되묻지 않았다.

식당 안은 아이들로 북적대고 있었다. 피자매들이 밥을 먹는 모습이 보였다.

"우리 둘이 먹자, 잘됐네."

피피는 서운한 얼굴로 말했다. 그래도 괜찮았다, 피피와 둘이 밥을 먹을 수 있어서 너무 좋았다.

"난 재피 네가 좋아."

가슴이 설레었다.

"사람들이 다 너처럼 날 좋아했으면 좋겠어."

설레임은 뻐근함으로 바뀌었다. 그러니까 피피, 네가 나를 좋아하는 이유는 내가 너를 좋아하기 때문이구나. 몸속에 가득 고인 눈물이 이리저리 흔들리더니 요동치기 시작한다. 나는 숨을 들이마시고 들이마시고 들이마셨다, 눈물을 꼭꼭 눌렀다.

어떻게 지내야 하는 걸까? 알 수가 없다.

나는 피피의 속도에 맞추느라 급하게 밥을 먹었다. 피피는 들고 있던 문제집을 겨드랑이에 끼고 도서관으로 갔다. 햇살이 뜨거워지고 있었다. 교실로 돌아와 자리에 앉았다. 내 삶이라는 게 과연 존재할까, 존재할 수 있을까? 세상은 다시 느리게 가기 시작했다.

위차이가 나오는 어느 영화였던가, 그런 장면을 본 일이 있다. 그녀는 가만히 있는데 세상이 빙글빙글 돈다. 하늘은 붉게 물들었다가 어둠에 휩싸이고 다시 눈부시게 환해진다. 도로에 줄지어 늘어선 차들은 아침이고 밤이고 할 것 없이 달린다. 너무 빨리 달려서 마치 질주하는 은하수처럼 보인다. 갈 곳이 있고 할 일이 있는 사람들은 순간이동을 하는 것처럼 반짝거리며 밥을 먹고 샤워를 하고 잠깐 눈을 붙인 후에 옷을 갈아입고 나타났다 사라진다. 위차이는 빙글빙글 도는 세상 속에서 정지되어 있다. 어지럽다. 몸을 가눌 수가 없다. 그녀는 간신히 중심을 잡고 고개를 들어 허공을 응시한다. 아무것도 이해할 수 없는 그녀는 천천히 눈을 깜빡인다. 그러는 사이에도 세상은 빙글빙글 돌아 그녀는 넘어지지 않기 위해, 무너지지 않기 위해 아주 애를 써야 했다.

위차이는 1980년 5월 5일 태어나 2011년 4월 1일 런던에 있는 호텔 지바 32층에서 뛰어내려 자살했다. 중심을 잃은 것이다. 책상 위에 두 손을 올렸다. 손바닥을 밑으로 하여 나는 마치 중심을 잡으려는 사람처럼 힘을 주었다. 연예인들은 우리가 살고 싶은 삶을 대신 살아 준다. 때로는 죽음마저 대신 결행해 주기도 한다. 하늘에 떠 있던 스타가 떨어졌다, 그렇게 위차이는 높은 곳에서 몸을 날려 인생의 결말을 스스로 썼다. 4월 1일에 인생의 결말을 쓴다는 건 좀 희극적인 느낌도 든다, 만우절이니까. 내 삶은 우스꽝스러웠고 놀랄 만큼 어처구니없었으며 나의 죽음에 대해서 모두들 폭소를 터뜨렸다. 이런 묘비명은 나 같은 사람한테나 어울린다, 묘비명 같은 건 쓰지도 않겠지만. 자식이 없는 사람이 죽으면 대개 화장하는 것으로 알고 있다. 700도의 온도에서 남는 건 한줌의 뼛가루다. 바람이 불면 강물에 채 닿지도 못하고 허공으로 사라진다, 나는 태어나기 전에 아무것도 아니었던 것처럼 형태도 이름도 냄새도 모두 사라져 아무것도 아닌 것으로 돌아간다. 소멸한다. 책상에서 손을 뗐다. 세상이 빙글빙글

돈다. 어지럽다.

"한재희."

부르는 소리에 고개를 돌렸다. 소희였다.

"소피."

나는 처음으로 소희를 피자매로 불렀다. 역시 옆구리에 문제집을 끼고 있다. 도서관에서 오는 길인가 보았다.

"괜찮은가 싶어서."

"뭐가?"

소희 얼굴에 짓궂은 표정이 지나간다.

"피피가 그렇게 좋니?"

피피도 그렇게 물었다.

"내가 그렇게 좋아?"

먼저 말을 붙인 것도 피피였고 사귀자고 한 것도 피피였다. 그런데 왜 내가 더 많이 좋아해야 하는 걸까? 나는 왜 사랑받는 사람이면 안 되는 걸까?

"피피가 널 좋아하지 않는 건 아니야."

나는 소희에게서 피피를 보았다. 더운 날씨도 아닌데 얼굴이 땀으로 번들거리고 있다. 예쁜 얼굴은 아니다. 소희도 분명 피피처럼 사람 많은 거리에서는 눈에 뜨이지 않을 것이다. 하지만 교실에서 소희는 예쁜 얼굴이다. 자신감이 넘치니까, 꿀릴 게 없이 떳떳하니까, 당당하니까.

"아는지 모르겠는데 성적 때문에 그래. 이번 기말고사에 목숨 걸었거든."

문득, 온몸이 멍투성이라던 피피의 말이 떠올랐다.

"피피가 공부 욕심이 좀 많아. 부모님한테 틀린 개수만큼 때려 달라고 할 정도로."

"왜 그런 말을 나한테 해?"

생각이 그대로 말이 되어 나왔다. 부모님이 때리는 것이 아니라 피피가 때려 달라고 한다고? 그 말을 나한테 믿으라고? 내가 믿을 수 없는 건 피피가 나한테 거짓말을 했다는 사실이었다.

"뭐야, 지 생각해서 말해 줬더니."

소희는 고개를 팩 돌리며 자기 자리로 돌아갔다. 피피는 등을 구부리고 있다. 공부를 하는가 보다. 언젠가 보았던 얼굴처럼 완고한 등이었다.

우리는 친구일까? 피피와 나는 친구일까? 벌떡 일어섰다. 현기증이 일었다. 두 손을 책상에 대었다. 머리카락이 흘러내려 갈색의 작은 공간을 만든다.

자리에 앉아 드로잉북을 폈다. 소녀의 눈동자를 그려 넣는 일은 아주 간단했다.

제2장

죽음의
눈동자

1.

에곤 실레의 그림은 슈베르트의 현악 4중주 14번 D단조를 듣고 그 이미지를 그린 것으로 알려져 있다. 제목도 같은 '죽음과 소녀' 38분 54초의 곡이다. 음악만큼 정확한 언어가 또 있을까? 비탄에 잠겨 있는 악기는 머리가 만들어 낸 목소리보다 진실하다. 연주를 듣고 있으면 그림을 그릴 때처럼 머리가 비워진다. 슈베르트의 '죽음과 소녀'는 그 자체로 '나'이다. 지금의 나와 가장 근접해 있는 곡. 진실이라는 건 많은 생각을 필요로 하지 않는 건지도 모른다. 어쩌면 진실이라는 건 그 본모습을 알 수 없어 말로 표현하겠다는 오만을 부리지 않아야 하는 건지도.

슈베르트의 '죽음과 소녀'를 처음 들었을 때 나는 나를 잃는 듯한 느낌이 들었다. 바이올린의 현은 어서 빨리 길을 떠나야 한다고 재촉하여 아무도 들여다보지 않았을 숲으로 데려간다. 두려움과 격정만이 있는 그 숲 속에서 비올라는 천사의 얼굴로 위무하고 첼로는 악마의 얼굴을 하고 가슴에 칼을 댄다. '죽음과 소녀'에서 내가 가장 좋아하는 부분은 곡의 일부분이나 특정 악기의 연주가 아니다. 다름 아닌 악보 넘기는 소리, 귀 기울여 듣지 않으면 알아차릴 수 없는, 음악에 압도당하면 절대 들리지 않는 미세한 종이 소리, 휘릭 혹은 파르락, 타라락. 아름다운 선율 저 너머로 들리는 짧고 희미한 악보 넘기는 소리는 위로이다, 짧은.

이어폰을 주머니에 넣고 현관 벨을 눌렀다. 기척이 없다. 머릿속에서는 바이올린과 비올라의 연주가 시작되고 있다. 하도 많이 들어 외워 버린 멜로디는 몸이 기억하고 있다. 삶도 이렇게 익숙해질 수 있는 것이면 얼마나 좋을까? 여전히 낯선 새집에서 우리 식구들은 점점 더 낯설어지고 있는 것 같다. 집안일을 하다가 문득 잊었던 것이 생각났다는 듯이 콧노래를 흥얼거리던 엄마는 요즘 애쓰는 일이 안 되는가 보았다. 훈련이 덜 된 악기 연주자처럼 처량하게 삐걱대고 있달까.
번호키를 눌러 현관문을 열었다. 희미하게 물 흐르는 소리가 들린다. 어디서 들리는 소리일까? 눈을 감았다. 집에 누가 있는 건가? 퍼뜩 눈을 떴다. 물소리에 여자의 흐느낌이 섞여 있다. 옆집에서 나는 소리라고 하기에는 너무 가깝다. 흐느낌은 조금 더 커졌다. 낮게 읊조리는 듯한, 이를 악물고 이 사이로 내는 흐느낌. 벌떡 일어섰다. 생각이 멈추었다. 안방으로 달려갔다. 문을 열고 침대를 지나 화장실 손잡이에 손을 뻗었다. 소리는 분명 문 너머에서 들리고 있다.

"엄마."

목소리에 좀 더 힘을 주었다.

"엄마?"

흐느낌은 비명으로 번져 가고 있다. 울음소리가 아니라 고통에 신음하는 소리다. 손잡이를 돌렸다. 세면대가 보이고,

"엄마?"

문을 좀 더 열었다. 크림빛 샤워 커튼…… 아래로 흐르고 있는 건, 붉은, 피, 뜨거운 공기가 숨을 막는다. 그 자리에 얼마나 서 있었는지 모른다. 1초 아니면 10분이었는지도. 누군가에게 팔이 붙들렸을 때 고개를 돌려 오빠라는 것을 알았고 이끄는 대로 끌려갔을 때 내 방이라는 것을 알았다.

"절대 나오지 마. 절대 나오지 마. 오빠가 다 알아서 할게. 오빠가 다 알아서 할게."

오빠는 그렇게 반복해서 말했다. 나는 침대에 무너져 내려 앉았다. 단조로운 멜로디 하나가 귓가에 들리기 시작했다. 따라라리 리따따 딴 리따라라 파리파리 알라뷰. 어디서 들었던 리듬일까? 따라라리 리따따딴 리따라라 파리파리 알라뷰. 소리는 점점 더 커진다. 따라라 리 리따따딴 리따라라 파리파리 알라뷰.

욕실 안에 뜨거운 수증기가 가득하다. 엄마, 여기 있어? 수증기가

흩어진다. 엄마, 제이나가……. 엄마의 눈동자가 허옇다. 엄마, 엄마! 욕실에 붉은 물이 흘러넘친다. 엄마, 엄마, 죽지 마! 엄마를 깨우기 위해 어깨를 흔든다. 피, 피, 피가 어린 내 손으로 옷으로 머리카락으로 얼굴로 튄다.

어떻게 잊고 지냈던 거지?

따라라리 리따따딴 리따라라 파리파리 알라뷰는 춤추는 바비 인형 제이나에게서 나는 소리였다. 목을 잘못 비트는 바람에 소리를 멈출 수 없게 된 제이나는 나와 함께 끔찍한 광경을 지켜보면서도 파티장에 있어야 했다. 사이렌 소리가 들리고 구급차가 도착했다. 아빠가 엄마를 번쩍 들어 안아 들것에 실었다. 내 손을 꼭 쥐고 있었던 건 오빠였다. 동그란 건전지를 빼서 제이나가 더 이상 춤추지 않아도 되게 한 것도 오빠였고 나를 침대에 뉘고 피에 젖은 얼굴을 닦아 준 것도 오빠였다. 오빠는 이를 꽉 물고 있었다. 그때 오빠는 나보다 겨우 한 살 많았다. 여덟 살 난 오빠는 너무나 믿음직스러웠다.

어떻게 잊고 지냈던 거지?

그때보다 열 살이나 더 먹은 오빠가 내려다보고 있다. 그날처럼 나는 침대에 누워 있다.

"제이나는?"

순간 오빠의 눈동자가 흔들렸다.

"제이나 말이야, 오빠. 춤추는 바비 인형. 왕자님이 데려갔다고 했지? 왜 그랬어?"

"뭘 말하는지 모르겠다."

오빠는 서둘러 등을 돌렸다.

"어떻게 잊고 있었던 거야? 그 엄청난 일을. 나한테 무슨 약이라도 먹였던 거야?"

오빠의 등이 멈칫한다.

"다행이라고 생각했는데."

오빠는 서서히 몸을 돌렸다. 완전히는 아니었다. 오빠는 한쪽 어깨를 벽에 기댄 채 비스듬하게 서서 창밖 어디쯤에 시선을 주고 있다.

"기억하지 못하는 편이 좋다고 생각했는데. 이제는 모르겠다."

"엄마는? 엄마는 괜찮아?"

"그날하고 같아."

엄마는 아주 지독한 감기에 걸렸다고 했다. "옮으면 안 되니까." 아빠는 그렇게 말했다. 오빠와 나는 할머니 댁에서 얼마나 지냈던 걸까? 보름, 아니면 한 달? 엄마가 보고 싶어 자지러질 듯이 울 때마다 오빠는 나를 꼭 안아 주었다.

"입원하셨어?"

"내일 퇴원할 거야."

엄마의 왼쪽 손목에는 오랫동안 보호대가 매여 있었다. 엄마는 손목에 난 흉터 같은 우울한 얼굴로 우리들을 바라보곤 했다.

"다행이다."

오빠는 시선만을 나에게 돌리고는 차갑게 말했다.

"엄마처럼 자신을 너무 사랑하는 사람은 절대 안 죽어."

낯설었다. 오빠에게 엄마 이야기를 듣는 것도, 엄마가 그런 사람이라는 것도.

"제이나 말이야. 피가 지워지지 않았거든, 아무리 닦아도. 장례식은 내가 치러줬다."

오빠는 그 말을 하고는 밖으로 나갔다. 머리가 아프기 시작했다. 어쩐지 견딜 만한 게 익숙하게 느껴지는 고통이었다. 얼굴만 내밀고 이불을 똘똘 말았다, 누에고치처럼. 머리가 얼마나 아파야 사람이 죽을 수 있는지 궁금했다. 잔뜩 인상을 썼다. 엄마 손목에 희미하게 남아 있던 기역 모양의 흉터처럼.

그렇게 아픈데도 잠이 들 수 있다는 건 얼마나 신기한가. 시간이 얼마나 흘렀을까? 가로등 불빛이 방 안에 들어와 있다. 일곱 살이었던 나는 엄마가 자살을 시도했던 장면을 두 눈으로 똑똑히 목격했다. 엄마를 찾아 들어간 커다란 집에는 아무도 없었다. 죽기 위해 애를 쓰거나 혹은 죽지 않기 위해 애를 쓰는 엄마 앞에서 나는 혼자였다. 엄마가 죽으면 나의 세상도 사라져 없어지는 것이었다. 혼자 살아남을까 봐 얼마나 두려웠던가?

나는 그때부터 알고 있었다.

모든 사람이 다 늙을 때까지 사는 것은 아니라는 것을. 어떤 사람은 자기 의지로 죽을 수도 있다는 것을. 그게 나일 수도 있다는 것을. 내가 별 볼 일 없는 하찮은 애라는 걸 확인할 때마다 삶이 귀찮아졌다. 삶이 나를 조롱하면 나도 삶을 조롱해 주었다. 별것 아니라고, 언제든지 관둘 수 있다고.

일곱 살 난 나는 아빠가 가르쳐 주는 대로 엄마가 지독한 감기에 걸렸다고 생각했다. 하지만 의식 너머는 알고 있었던 것이다. 그리고 이제는 완전히 떠올랐다, 완전히. 나는 집 안을 뒤지기 시작했다. 빨강색 색연필, 빨강색 크레용, 빨강색 물감, 빨강색 펜. 아무리 뒤져도 단 한 개도 찾을 수 없다.

백합꽃이 그려진 베이지 톤 식탁보 위에 주스 네 잔이 있다. 아주 빨간 딸기 주스였다. 호흡이 멎었다. 어린 나는 뒷걸음질 하다가 바닥에 주저앉았다. 커다란 아빠는 나를 안아 올려 찬바람을 쐬게 해 주었다. 등을 토닥토닥 한다. "괜찮아. 괜찮아." 몇 번이고 말한다. "피, 피, 피, 피. 피야, 아, 빠."

호흡이 말을 쫓아가지 못한다.

"그래, 피 색깔하고 똑같았지? 아야 하는 피는 아주 나쁘지?"

아빠는 나를 안은 팔에 힘을 주었다. 그 이후였을까? 집에서 빨강색을 모조리 치운 것이. 내 삶은 어떻게 편집되었던 걸까. 내가 기억하고 있는 부분은 누구의 것일까, 누가 원하는.

"정신적으로 문제 있는 것 아니니?"

빨강색을 사용하지 못하는 것에 대해서 사람들이 물었다.

"뭐 정신적인 것까지. 그냥 취향이지요."

엄마는 대답했다. 때로는,

"애가 좀 모자라서 그래요."

하기도 했고.

"성격이 아주 예민하죠. 차차 나아질 거라고 생각합니다."

아빠는 말했다. 나아질 걸 기대했던 부모님은 좀 크자 빨강색이 들어간 그림 도구들을 사주기 시작했다. 나는 여러 가지 이유를 들어 빨강색들을 없애 버렸다.

"언제까지 이럴 거야?"

엄마는 화를 냈다. 숨을 들이마시고 들이마시고 들이마셔 결국 쓰러졌다. 달빛이 눈을 열었다. 캄캄한 밤이었다. 엄마는 잠들어 있다. 엄마가 가장 좋아하는 안락의자 위에서, 많이 지친 얼굴이었다. 나는 홀연히 일어나 빨강새들을 찾았다. 부모님의 자랑스러운 딸이고 싶었다, 나를 파괴하고 싶었다. 어느 것이 더 큰 이유였을까? 어쩌면 달빛이 시킨 일일런지 모르겠다. 빨강색 크레용을 손에 꼭 쥐었다. 어둠 속에서 그것은 붉기도 하고 검기도 했다. 벽은 베이지색이었다. 어린 나는 크림빛 커튼, 따위는 기억하지도 못했다. 마음을 알아주지 않는 부모님에 대한 반항이었을까, 두려움을 극복해 내려는 기특한 마음에서였을까. 크림빛 커튼에 핏빛 선을 긋기 시작했다. 내 키만큼, 내 손이 닿는 높이만큼 욕조에는 붉은 물이 넘쳐흘렀다. 크림빛 커튼은 핏물이 튀겨 바람에 흔들릴 때마다 기괴한 무늬를 만들었다. 열린 방

문 사이로 불빛이 들어왔다. 누군가 마루에 불을 켠 것이다. 나는 빨강색 크레용을 손에 쥐고 부들부들 떨고 있었다. 방문이 열리고 불이 켜졌을 때 내 눈은 붉은 벽에 고정되어 있었다. 달빛이 만들어 냈던 붉기도 하고 검기도 했던 그 빛은 환한 형광등 아래서 아주 새빨간 핏빛이었다. 나는 기절을 했다.

2.

한참 만에야 깨어났다.

"쉬고 싶을 때까지 쉬어."

아빠는 할 말이 많은 얼굴이었다.

"혹시 입원하고 싶니? 며칠 푹 쉬게?"

무엇인가 자제하고 있는 빛이 역력하다. 고개를 가로저었다.

"엄마는요?"

"괜찮아."

"어디 있어요, 엄마는?"

"안방에."

엄마 방이라고 하지 않고 안방이라고 하고 있다. 언젠가부터 두 분
은 각방을 쓰기 시작했다. 내가 모른다고 생각하는 걸까? 아니면 이
제 같은 방을 쓰는 걸까?

"학교는 아빠가 데려다 줄 거야."

"아니요. 혼자 갈래."

아빠의 눈빛이 흔들린다, 불안하게.

"혼자 다녀도 되는 길이었어요. 엄마가 고집부린 거지."

나는 침대에서 천천히 일어났다. 아빠, 아무 말도 하지 말아요. 지금은 아무것도 들을 준비가 되어 있지 않아.

"재희야."

"아빠, 학교에서 힘들면 양호실에 가 있어도 되겠지?"

아빠는 고개를 끄덕인다.

"그러면 아빠가 미리 담임 선생님께 연락 좀 해 줘. 내가 말하기 편하게."

"저기, 재희야."

"아빠, 나 이제 준비할래. 아빠는 좀 나가 주세요."

웃어 보인다는 것이 그만 얼굴을 일그러뜨리고 말았다.

"그래, 그렇게 하자."

아빠는 단념하는 얼굴로 밖으로 나갔다. 창문을 활짝 열고 베개에 붙은 머리카락을 떼었다. 침대보에 붙은 머리카락도 테이프로 꼼꼼히 떼어 냈다. 오른쪽, 왼쪽 길이를 맞추어 이불을 덮었다. 아무도 자지 않은 것처럼. 학교 갈 준비를 마치고 방을 나왔다. 안방 앞에서 잠시 멈칫했으나 들어갈 용기는 나지 않았다. 이어폰을 꽂았다. 슈베르트의 '죽음과 소녀'는 이제 아주 가까이 있다. 나는 학교에 가는 내내 연주를 들었다. 교실에 들어가서도 이어폰을 빼지 않았다. 담임 선생님은 잠깐 눈을 마주치는 것으로 이틀 동안의 결석에 대한 확인을 하는가 싶더니 반장 명지를 시켜 교무실로 호출을 하였다.

"아팠니?"

명지는 낮게 물었다. 나는 대답을 못하고 고개를 숙였다.

"목 아팠니?"

어떻게 해야 하지? 마치 먼 미래에서 온 터미네이터처럼 나는 머릿속으로 오지선답을 떠올리고 있었다.

"말도 못할 정도로 아프니?"

명지는 그렇게 묻고는 킬킬댔다.

"너 때문에 웃는 거 아니다."

나는 말도 못할 뿐만 아니라 고개도 제대로 들 수 없다는 사실을 알게 되었다.

"어색함을 무마하는 나의 재치 때문에 웃었다고 할까."

명지는 계속 킬킬대면서 자리를 떴다. 머리카락을 내려 사각의 공간을 만들고는 교무실로 갔다.

"왔니?"

나는 예, 하는 짧은 대꾸도 못하고 선생님을 보는 것도 아닌 채 어정쩡하게 서 있었다.

"아팠다고?"

마찬가지.

"아버님이 그러시던대. 감기에 걸렸다고."

"……"

"내가 보기에 감기는 아닌 것 같구나."

"……"

"애쓰는 모양이야. 뭘 애쓰고 있는가 봐."

선생님은 지금 무슨 생각을 하고 있는 걸까?

"그런데 잘 안 되는 것 같구나."

어떤 얼굴을 하고 있을까?

"너무 힘들면 나한테 와주겠니?"

나를 보는 눈빛도 궁금하다.

"이야기를 하면 한결 가벼워진단다. 내가 도울 수 있는 일이 있다면 더 좋고."

나는 끝까지 선생님 얼굴을 보지 못했다.

쉬는 시간에는 이어폰을 꽂았다. 나에게만 들리는 '죽음과 소녀'는 아픈 곳을 정확하게 건드리며 무한 반복되고 있다. 교실은 더 낯설어졌다. '죽음과 소녀'를 알지 못하는 아이들은 적어도 불행해 보이지는 않았다. 점심시간에는 38분 54초의 곡을 한 번도 쉬지 않고 다 들을 수 있었다. 슈베르트는 '죽음과 소녀'를 완성한 그해, 친구 레오폴트 쿠펠비저에게 편지를 한 통 보낸다. 나에게는 마치 시와 같은 내용이다. 나를 위로해 주는 따뜻하고 위험한 한 편의 시.

나는 나 자신이야말로 이 세상에서 가장 불행하고 제일 불쌍한 인간이라고 느끼고 있네. 사랑과 우정으로부터 기껏해야 고통이나 받았고 미에 대한 열광이 사그라질 위험에 처해 있는 나를 생각해 보게. 얼마나 비참하고 불행한지 말일세. 매일 밤 잠자리에 들 때마다 다시는 잠에서 깨어나지 말았으면 하고 바란다네. 아침에 깨어나면 생각나는 게 기껏 지나간 어제의 고통뿐이라네. 나는 이제 기쁨도 친구도 없이 세월을 보내고 있다네.

피피? 피피가 손짓한다. 이어폰을 빼야 하나? '죽음과 소녀'를 멈추어야 하나? 피피가 하는 이야기를 들어도 될까? 망설이는 것은 마음뿐이었는지 손은 이어폰을 빼고 다리는 이미 피피의 뒤를 따르고 있다.

피피는 복도에서 걸음을 멈추었다.

"핸드폰은? 왜 연락이 안 돼?"

피피가 처음 물은 건 핸드폰에 관한 거였다.

"내가 몇 번이나 연락한 줄 알아? 아, 정말 신경 쓰였어."

그러느라 공부에 집중을 못한 걸까? 그래서 화가 난 걸까?

"난 연락 툭 끊기고 그러는 거 되게 싫어. 신경 쓰여서 공부도 안 되더라."

느닷없이 몇 번이나 연락을 했는지 궁금해졌다.

"근데 하나 물어보자. 너 혹시 나 때문에 결석한 건 아니지?"

나는 도리질을 했다.

"정말이지?"

이번에는 머리를 끄덕였다.

"그동안 나 보고 싶지 않았어?"

피피, 나는 이틀 동안 엄청난 일을 겪었어. 잃어버렸던 삶의 퍼즐 조각 하나를 찾았거든.

"근데 너 왜 말을 안 해?"

나도 모르게 목에 손을 댔다.

"목 아픈 거야? 감기 무섭네."

5교시를 알리는 종이 울리기 시작했다. 피피는 교실에 들어가면서 생각났다는 듯이 물었다.

"목만 아픈 거야? 딴 데는 괜찮고? 하긴 괜찮으니까 학교에 나왔겠지."

선심 쓰듯이 한 마디 더.

"건강 잘 챙겨. 아프면 자기만 손해야."

어디서 많이 듣던 이야기.

어떻게 하면 시간을 흘려보낼 수 있을까. 어떻게 하면 세월을 건너 뛸 수 있을까. 어떻게 하면 죽을 수 있을까? 리아는 거울을 보면서 무슨 생각을 할까?

"깜짝이야."

전신 거울 앞에 서 있던 리아는 정말 깜짝 놀랐는지 어깨까지 들썩였다. 나는 거울 속에 있는 리아를 물끄러미 바라보았다. 그제야 거울 속의 사람을 보는 것이 훨씬 더 수월하다는 것을 알았다. 리아는 마치 나더러 보라는 것처럼 거울을 응시한 채 오른손을 든다.

"거울 속의 나는 왼손잡이다."

오른손을 내리고 왼손을 든다.

"거울 속의 나는 오른손잡이다."

다시 양쪽 팔을 든다.

"거울 속의 나는 양손잡이다."

리아는 이러고 노는 걸까? 시선을 거두고 자리로 돌아가려는데 팔이 붙들렸다.

"이건 거울 속의 사람이 말하는 거야."

귀에 대고 속삭인다.

"거울 속의 사람이 거울 속의 한새희한테."

거울 속에 내가 있다. 그리고 손으로 입을 가린 리아가 있다.

"한새희한테는 엄청난 비밀이 있다."

나는 리아가 하는 말의 내용을 듣고 있지 않았다. 그저 리아가 하는 모양을 보고 있었다. 리아는 고개를 돌리고 시선만을 주어 나를 들여다보더니 입맛을 다시며 떠났다. 거울 속에는 나만 남았다. 거울 속의 나는 낯익기도 하고 낯설기도 했다. 리아처럼 한 손을 들어 올렸다. 리아가 멋대로 읊었던 이상의 시처럼 거울 속의 나는 왼손잡이였다.

3.

"오늘 점심시간에 같이 밥 안 먹어서 서운했지?"

아, 내가 밥을 먹지 않았다는 사실도 깜빡하고 있었다.

"피자매들이 너한테 불만이 많아. 기분 안 나쁘지?"

기분이 안 나빠야 하니?

"기말고사 끝날 때까지는 같이 밥 못 먹을 것 같애. 애들이 기동력이 떨어진다나 뭐라나 그러네. 시험 끝나면 다시 같이 밥 먹자. 한강에도 가고."

피피는 환하게 웃었다, 웃어 주었다. 문득 피피는 어떻게 웃어야 하는지 아는 애라는 느낌이 들었다, 어떻게 웃어야 자신이 가장 매력적으로 보이는지 안다는 느낌이.

체육 시간에는 스탠드에 있었다. 기말고사 열흘 전부터 체육 시간은 영어나 수학 시간으로 바뀐다. 이제 일주일만 흐르면 운동장에 나갈 일도 없는 것이다.

사람들은 저마다 똑같은 시간을 살고 있는 걸까? 신은 모든 사람에게 같은 속도의 시간을 부여했을까? 마음의 시계라는 것이 있어서 사람들이 하루 24시간을 사는 동안 나는 48시간, 72시간을 사는 것 같다. 몸을 한껏 웅크렸다. 퍼즐 조각을 찾는 순간 내 삶도 엄마도 모두 낯설어졌다, 무서워졌다. 핸드폰이 울렸다. 피피였다.

양호실로 와 줘.

웬일일까. 이어폰을 뺀다. '죽음과 소녀'는 호주머니 속에 넣는다.

피피는 멀쩡한 얼굴이었다. 양호 선생님은 계시지 않았다. 피피는 내 시선을 의식하고는 말했다.

"응, 선생님 없더라."

나는 가만히 목을 만졌다. 생각해 보니 하루 종일 한 마디도 하지 않았다.

"아직도 목 아픈 거야?"

터미네이터가 방문하기 전에 말하는 걸 관두기로 한다.

"난 피구가 정말 싫어. 야만적이야."

피피가 그렇게 말하니까 피구를 하는 사람들이 다 야만인처럼 느껴졌다.

"배 아프다고 하고 빠졌어. 남자들은 배 아프다고 그러면 다 그날인 줄 알더라. 머슴 또 지 혼자 당황해서 어쩔 줄 모르더라구."

머슴은 체육 선생님 별명이다.

피피는 침대에 벌렁 드러누웠다.

"양호 선생님 오면 너도 아프다고 해."

피피, 난 진짜 아파.

"우리 한숨 자고 올라가자."

피피는 눈을 반짝이며 말했다.

"이럴 줄 알았으면 단어장이라도 가지고 나오는 건데."

아쉬워하는 빛이 스쳤다.

"너도 빨리 누워."

나는 눕고 싶지 않았다.

"왜? 내 침대로 올래? 같이 누울까?"

피피가 팔을 잡아끌었다. 순간 중심을 잃어 팔꿈치가 꺾였다. 피피와 나의 얼굴은 아주 가까이 있었다. 그때였다. 피피의 눈에 장난스러운 빛이 지나갔다, 시간이 잠시 멈추었다. 피피가 교복 앞섶을 잡아끌었다, 입술이 맞닿았다. 피피는 손에 힘을 주었다. 피피의 입술이 내 입술을 핥았다. 나는 피피의 감은 눈을 들여다보며 미세한 숨결을 느꼈다. 첫 입맞춤이었다. 머릿속에 폭죽이 팡팡 터질 거라고 상상해 왔다. 달콤한 향기가 코끝을 찌를 거라고 생각해 왔다. 아름다운 멜로디가 귓가에 맴돌 줄만 알았다.

"뭐 하는 거니?"

목소리가 들렸다. 상상하던 것을 그려내기 전에 머릿속이 하얗게 비워졌다. 피피는 눈을 떴다. 그 눈에 당혹스러움이 가득했다.

"뭐 하는 거냐구!"

피피의 눈이 재빨리 감겼다. 나는 몸을 바로 했다. 머리카락이 만들어 내는 사각의 공간에서 피피는 잠이 든 것처럼 보였다, 연극처럼.

"너, 뭐 한 거야?"

양호 선생님의 눈이 재빨리 내 이름표를 훑는다.

"한재희. 몇 반이야?"

입이 떨어지지 않았다. 선생님은 팔짱을 끼고 나를 위아래로 훑어보기 시작했다. 그러더니 피피에게 시선을 옮긴다. 나도 피피를 돌아보았다. 피피는 언제 눈을 뜰까, 언제 잠에서 깨어날까.

"뭐 한 건지 설명해 봐."

선생님은 정말 궁금한 것 같았다. 아이들이 하나둘 고개를 디밀기 시작했다. 선생님과 함께 들어온 아이들인 것 같았다.

"피피다."

아이들 중 하나가 말을 했다.

"무슨 일이야?"

"쟤가 뭘 한 거야?"

"피피, 아픈가 봐."

여러 명인가 보았다. 선생님은 아이들을 돌아보지도 않았다. 선생님의 시선은 오로지 나에게만 향해 있었다. 대답을 꼭 들어야겠다는 집요한 시선이었다. 뭐라고 말할 수 있을까? 아무것도 하지 않았어요. 그건 거짓말이다. 하지만 선생님이 알아야 할 권리도 없다. 내가 곤혹스러운 건 피피 때문이다. 내 말문을 막아 버린 건 피피의 머릿속이다. 대체 무슨 생각을 하는 거니? 나는 다시 피피를 돌아보았다. 선생님은 팔짱을 끼었다.

"깨워 봐."

선생님은 시선은 나에게 둔 채 턱짓을 했다. 문득 피피가 어떻게 나올지 궁금해졌다. 나는 살살 피피의 어깨를 흔들었다. 연극배우 피피는 미동도 하지 않았다. 좀 더 세게 흔들었다. 이제 피피는 돌아누울 것이다, 자신의 얼굴을 보여 주지 않기 위해서. 잠에서 깨어나는 연기란 아무나 할 수 있는 것이 아니니까. 피피는 돌아누웠다. 나는 손을 거두었다. 피피가 망설이고 있는 것이 느껴졌다. 일어나야 할 것인가, 말 것인가. 피피의 어깨가 술렁이고 있었다. 그때 조용한 무대 위로 경솔한 목소리 하나가 지나갔다.

"피피, 기상!"

피피는 일어날 수 있었다, 잠에서 깨어날 수 있었다.

"무슨 일이에요?"

피피는 눈을 반쯤 감고는 고개를 돌렸다. 아직 잠에서 깨어나지 못했다는 듯이, 연기는 아주 서툴렀다.

"공필순."

선생님은 피피를 알고 있는 듯 했다.

"왜 여기서 자고 있니?"

"체육 시간인데요, 그날이어서 배가 아파서요. 선생님 안 계시길래, 죄송합니다."

피피는 얼굴을 찌푸리며 말했다. 그날의 고통은 훌륭했다. 피피는 정말 아파 보였다.

"얘는 왜 이러고 있니?"

"어, 재희?"

피피는 나를 처음 본 것처럼 놀라는 얼굴을 했다.

"너 왜 여기 있어? 스탠드에 있지 않았니?"

선생님은 한숨을 쉬며 팔짱을 풀었다.

"그러니까 너는 한재희가 여기에 들어온 줄 몰랐다는 거지?"

"네, 저는 바로 곯아떨어졌어요."

"알았다."

선생님은 더 들어 볼 것 없다는 듯이 단호하게 말했다.

"좀 나아졌니? 더 누워 있을래?"

"많이 좋아졌어요."

피피는 정말 좋아진 얼굴을 하고는 일어섰다.

"한재희는 나 좀 보자."

아이들이 우르르 밖으로 나갔다. 그 틈에 피피의 완고한 등이 보였다.

"한재희, 너도 3반이니?"

"……."

"좋아. 아무 말도 안 해도 돼."

선생님은 입을 열었다. 그제야 들리는 선생님의 목소리는 중저음의, 여자치고는 거친 음색이었다.

"말 안 해도 되는데, 무슨 일이 있었는지 다른 사람들한테도 말하지 않았으면 좋겠다. 양호실이 그러한 용도로 이용되고 있다고 생각하면 아주 미칠 것 같으니까. 만약."

선생님은 소리 나게 침을 삼켰다.

"이상한 소문이 들리면 너 가만히 안 둘 거야. 나가 봐."

양호실을 나오는데 들으라는 듯한, 선생님의 격앙된 목소리가 들렸다.

"너도 인생 참 피곤하게 산다."

복도를 지나, 내가 가고 있는 곳은 어디일까? 어린 시절 엄마는 내가 길을 잃을 뻔한 일이 있다고 했다. "앞으로, 앞으로, 너는 그렇게 가고 있었어. 울면서 말이야." "앞으로만?" "아이들은 원래 옆으로 갈 줄 몰라. 잃어버린 아이를 찾으려면 무조건 직진해야 하는 거야." "시작점을 모르면?" "그땐 그 길밖에 없었어. 네가 앞으로 갈만한 길이." 나는 앞만 보고 걸었다. 하지만 곧 멈출 수밖에 없었다. 몇 걸음 걷지 않아 막다른 벽이 나타났다. 열일곱이 된 나는 울지 않는다, 길을 잃을 수도 없다.

4.

재피. 그 부탁 써야겠다. 무슨 뜻인지 알지?

삭제 버튼을 눌러 지웠다. 이렇게 밖에 할 수 없는 걸까? 피피는 내가 답신을 히지 않자, 자리로 왔다.

"괜찮은 거야?"

주위에 아이들이 있었다.

"잠깐 나올래?"

피피는 여느 때보다 더 친절하게 말했다.

"일이 어쩌다가 이렇게 됐냐."

피피는 무거운 한숨을 쉬었다.

"여기서는 좀 그래."

피피는 앞서 걸었다. 가끔 내가 잘 따라오고 있나 고개를 옆으로 돌려 확인을 하였다. 등나무 아래에는 사람이 없었다. 피피는 손가락으로 나무 의자에 손을 갖다 대더니 인상을 썼다. 의자가 지저분한가 보았다.

"그냥 서 있을게."

나는 피피 앞에 있는 의자에 앉았다. 방금 피피가 손가락을 대었던.

"선생님이 뭐래?"

나는 등나무 뿌리 어딘가에 시선을 주었다.

"말해 봐."

피피가 나에게 말을 하라고 한다, 드디어. 나는 얼굴을 들어 피피를 보았다, 이전과 다르게 낯선.

"말해 보라니까."

"응."

나는 피피를 초조하게 만들고 싶지 않아 대답부터 했다.

"그래, 빨리."

"그냥."

"사실대로 말하래?"

"아니."

"그럼?"

"아무한테도 말하지 말라고."

"뭐야? 너 무슨 일 있었던 건지 말한 거야?"

피피는 소리를 질렀다.

"뭐야? 대체 너! 내가 그랬다고 결국 말하고 만 거야? 내가 그럴 줄 알았어, 알았다고. 너를 믿는 게 아니었는데."

피피는 화가 나서 어쩔 줄 모르겠는지 팔을 올렸다, 내렸다 했다.

"야, 그건 네가 더 바랐던 거 아니었어?"

피피의 한 마디 한 마디가 나를 때렸다. 얼굴을 맞아 뺨이 얼얼하고 머리를 맞아 아무 생각이 안 나고 배를 맞아 숨을 쉴 수가 없었다.

"역시 너를 가까이하는 게 아니었어. 피자매들 말이 맞았어."

그때 피피를 막았어야 했다. 정신을 차릴 수 없을 만치 고통스러워도 피피의 입을 막아야 했다. 그런 게 아니라고. 나는 선생님한테 아무 말도 하지 않았다고. 선생님이 그냥 한 소리라고. 선생님은 아무것도 모른다고, 아이들도 아무것도 모를 거라고.

나는 좀 모자란 애가 분명했다.

내가 한 일이라곤 고작 중심을 잃지 않기 위해 더러운 나무 의자를 두 손으로 꽉 붙든 것뿐이었다. 목구멍으로 차오르는 슬픔을 억누르기 위해 숨을 삼키는 것뿐이었다. 나는 너무나 하찮아 피피가 욕을 하는 것이 당연하게 느껴졌다. 피피를 화나게 한 내가 미웠다. 겨우 힘을 내어 한다는 소리가 고작 "미안해."였다. 그 말이 피피를 더 화나게 했다.

"애들이 하도 공부벌레, 공부벌레 해서 이미지 좀 관리하려고 했더니 더러운 애가 돼 버렸잖아!"

결국, 들어 버렸다. 오랫동안 잊히지 않을 말이었다. 깊게 들이쉰 숨을 꿀꺽 삼켰다.

피피, 나는 이미 많은 사람들로부터 상처를 받았어. 나를 지탱시켜 준 한 가지는, 처음 시작은 그렇지 않았을 거란 믿음이었어. 처음부터 어떤 목적을 가지고 내게 접근하지는 않았을 것이다, 나는 가진 게 없으니까. 누가 봐도 함량 미달이니까. 굳이 학교에서 등급을 매겨 발표하지 않아도 누가 봐도 알 수 있는, 줄을 설 필요조차 없는 열외 인간에게 접근할 사람이 누가 있을까? 우정을 키우지 못한 건 순전히 나 때문이라고 생각했다. 나한테서 잘못을 찾으려고 해 왔다. 그런데 피피, 너에게 나는 이용 가치가 있었구나.

"왜 그랬니?"

너는 왜 나를 이용했니? 왜 나를 이용할 수 있다고 생각했니? 이렇게 물었어야 했을 것이다.

"장난이었다, 왜?"

피피는 양호실에서 있었던 일에 대한 대답을 한 것 같았다.

"그래도 나를 조금은 좋아했지?"

떨리는 마음으로 물었다.

"지금 그게 중요하니?"

나는 입을 다물었다, 얼굴이 확 달아올랐다.

"너도 잘못했어, 알아?"

피피는 나를 내려다보며 말했다. 처음 보는 무서운 눈이었다.

"너는, 너는 말이야. 함부로 대하게 만들어. 그러니까 내 탓만 있는 게 아니라는 거야."

침묵이 흘렀다. 언젠가 피피가 마음대로 할 수 있어서 편하다던 말, 그 말이 이런 뜻이었을까?

"이제 너는 재피 아니다."

피피는 내 위치를 조정해 주었다. 피피의 화를 풀어 주고 싶었다. 급한 마음에 언어들이 온통 뒤엉켰다.

"양호 선생님, 안 물어봤어, 무슨 일."

알아들었을까?

"그냥 자기 말만 했어. 안 물어봤어."

숨을 골랐다.

"그러니까 양호 선생님은 아무것도 물어보지 않았어. 그냥 안에서 무슨 일이 있었는지 아무한테도 말하지 말라고만 했어."

"뭐야?"

"그게 전부야. 나는 바로 양호실에서 나왔고."

피피의 눈이 이상하게 빛났다.

"아무것도 책임지고 싶지 않다 그거군. 불여우 같은 년."

피피의 입이 이상한 말을 쏟아 내고 있었다.

"아, 그걸 왜 이제 말해, 병신 같은 년."

화끈 달아오른 얼굴은 식을 줄 몰랐다.

"왜 그런 얼굴을 해? 이런 욕 처음 들어 보냐? 아무튼 넌 입 닥치고 있어. 뭐, 이상한 소문 나면 내가 먼저 난리 치기 전에 양호가 가만히 안 두겠구만."

피피는 옷을 툭툭 털더니 한 마디 더 했다.

"너는 그냥 고상하게 살아라."

귓가에서 때 아닌 매미 소리가 들리기 시작했다. 매미 소리는 점점 더 커져서 몸서리를 치게 만들었다. 다희 목소리는 꼭 그렇게 매미 소리가 되어 귀에 파고들었다. "넌 꼭 그렇게 쓸데없이 고상한 척해서 사람 속을 뒤집어 놓더라."

순간 엄마 얼굴이 떠올랐다. 엄마는 왜 자살을 시도했을까, 두 번씩이나. 오빠는 자신을 사랑하는 사람은 죽지 않는다고 했다. 죽지 않기 위해서 자살을 시도하는 사람도 있을까? 오빠가 무슨 뜻으로 그런 말을 했는지 모르겠다. 나는 과연 엄마한테 물어볼 수 있을까? 왜 죽으려고 했냐고, 언젠가는 물을 수 있을까. 아빠에게 다른 여자가 생겼기 때문일까? 정말 그게 이유면 어떻게 하지? 나는 아빠를 용서할 수 있을까? 엄마가 죽으려고 했던 건 어쩌면 아빠를 용서할 수 없었기 때문이었을까? 하지만 진실은 모른다. 그건 다희가 한 말일 뿐이니까. "넌 꼭 그렇게 쓸데없이 고상한 척해서 사람 속을 뒤집어 놓더라." 이런 말을 하는 다희를 믿고 싶지 않다. 나는 아직 진실을 알 준비가 되어 있지 않다. 진실은 준비가 되어 있지 않은 사람에게도 잔인하게 그 모습을 드러낸다. "너는 그냥 고상하게 살아라." 피피, 언젠가는 너에게 물어볼 수 있을까? 왜 그런 말을 했냐고. 나의 무엇이 그렇게 사람들을 불편하게 하는 걸까. 잘못 태어난 것 같다. 더 이상 살아갈 이유가 있을까? 눈을 떠 피피를 보기 전보다 더 불행해졌다. 귀를 열어 피피의 목소리를 듣기 전보다 더 비참해졌다. 언젠가 향수를 입에 댔던 것처럼 피피의 파코향은 끔찍하게 썼다. 나 하나쯤 교실에 들어가지 않아도 아무도 모를 것이다. 나 하나쯤 점점 더 투명해져서 사라져도 모를 것이다. 어쩌면 피피는 좋겠지. 이제 내가 싫어졌으니까. 아니 처음부터…….

죽을 수 있을까?

시간을 놓쳤다. 이제는 교실에 들어가지 못한다. 가방을 놓고 왔다는 생각이 들자마자 실소가 나왔다. 죽음은 얼마나 많은 것들로부터 놓여나게 하는가. 가방을 두고 오는 것쯤 아무것도 아니다. 죽으면, 내가 그렇게도 두려워했던 진실들도 아무것도 아닌 게 된다. 죽으면 정말 모든 것이 소멸하는 걸까? 아니면 어느 소설에서처럼 또 다른 세계가 있어 지구 밖으로 이동하는 걸까? 아니면 기독교에서처럼 자살한 사람들은 지옥에서 벌을 받게 될까? 영원히 벌을 받게 될까? 그런 종교를 만든 신은 너무 가혹하다, 만약 인간이 만든 신이라면 그 인간도 참 지독하다.

"별일 없니?"

하늘색 단화가 시야에 들어온다. 천천히 얼굴을 들었다. 교복 치마가 보이고, 이름표로 시선을 돌렸다. 채도식. 채도식? 민도연이 나를 뚫어져라 내려다보고 있다.

"이거?"

민도연은 자기 이름표를 힐끗 보더니 말했다.

"내 남자 친구."

그러고는 옆에 앉아,

"별일 없니?"

묻는다. 그 말이 너무나 다정해 나는 울 뻔했다, 울지 않으려고 입술을 꼭 깨물었다.

"가방, 가져왔다."

얼굴을 들 수 없었다.

"어디 있게?"

"그냥 줘."

간신히 말했다.

"싱겁네."

민도연은 메고 있던 자기 가방 안에서 내 가방을 꺼내 주었다.

"고마워."

"뭐 좀 줄까?"

나는 힘겹게 민도연을 바라봤다.

"울었어?"

그렇다고 하면 정말 울까 봐 고개만 가로저었다. 민도연은 물끄러미 나를 바라보더니 노란 주머니를 꺼냈다.

"맘에 드는 거 골라."

주머니 안에서 이름표들이 쏟아졌다. 김민주, 허진, 이채린.

"이건 친구들한테 뺏은 거구, 이건 내가 따로 맞춘 거."

민도연이 보여 준 이름표는 구요민과 용가리였다. 구요민은 연예인이고, 용가리는? 민도연은 내 마음을 읽은 것처럼 대답한다.

"엄마가 나한테 맨날 그러거든. 용가리 통뼈냐구. 내가 개길 때 쓰는 말이야. 통뼈까지 새기면 이름표가 안 예뻐서 그냥 용씨에 이름 가리."

나는 희미하게 웃었던가.

"어떤 거 고를래?"

눈이 반짝 빛난다.

"괜찮아."

"구요민은 안 돼."

입이 웃고 있다.

"정말 괜찮아."

"그럼 내가 하나 맞춰 줄까?"

"이름 같은 거 필요 없어."

다시 침묵이 흘렀다. 이 아이는 지금 왜 내 옆에 있을까? 가방은 어떻게 들고 온 걸까? 민도연은 어떤 아이지? 바람이 부는 것처럼 그런 생각들이 스쳐 지나갔다. 생각을 계속할 기운이 없었다. 물어볼 힘이 없다.

"내가 그냥 가는 게 좋겠니?"

고개를 끄덕였다.

"여기 좀 더 앉아 있을까?"

또 고개를 끄덕였다.

민도연과 나는 오래도록 그렇게 앉아 있었다, 아무 말 없이.

5.

아빠는 밤마다 귀 뒤에 붙이는 테이핑 치료를 해 주고 있다.

"잠은 잘 오니?"

"네."

"위치가 맞는지 보는 거니까 무조건 좋게만 말하면 안 돼."

"조금 안 오기도 하고."

"테이핑으로 안 되면 한약 먹자."

"응."

치료가 끝나면 아빠는 머리를 쓰다듬어 준다.

나는 아직도 엄마를 보지 못했다. 오후에 집안일을 해 주러 오던 아주머니는 이제 아침부터 온다. 엄마는 방 밖으로 나오지 않는다. 외출할 일만 없다면 굳이 나올 일도 없다. 안방에는 욕실도 딸려 있고 작은 냉장고도 하나 있으니까.

"몸은 다 나았단다. 엄마는 쉬고 있는 거야."

아빠는 말했다.

"음식은 먹고 있어요?"

나는 아빠한테 안부를 묻는 것으로 대신한다.

"애쓰지 않아도 돼. 아빠는 네가 더 걱정이야."

"엄마가 서운하겠지? 내가 엄마 얼굴 안 봐서?"

"괜찮대도 그러네. 지금은 서로 보지 않는 게 좋을 수도 있어. 언제 든 네가 준비되면 그때 보면 되는 거야. 엄마도 그래야 부담이 없지."

"엄마한테 잘해 주세요."

"그래."

나는 뜸을 들이다가 말했다.

"아빠를 믿어요."

아빠와 나는 잠시 말없이 앉아 있었다.

아빠는 어떤 사람일까? 아빠는 우리 가족에게만 속한 사람이 아니다. 누구나 그렇듯이. 한필재. 아빠의 이름이 생소하다. 나는 늘 나의 아빠로만 생각해 왔으니까. 자상하고 친절하고 똑똑한 나의 아빠로만. 아빠한테 우리가 모르는, 어쩌면 우리 가족보다 더 소중한 사람이 있다고 생각하면 너무나 끔찍하다. 며칠 사이 아빠도 그렇고 엄마도 오빠도 모두 낯설어졌다. 엄마는 무엇이 그렇게 견디기 힘들었을까? 얼마나 힘들었으면 다시 손목을 그었을까? 꿈속에서 나는 엄마 침대 옆에 앉아 간호를 하고 엄마가 되어 침대에 누워 있기도 한다.

내가 좀 더 살갑게 굴었다면 어땠을까? "다른 집 딸들은 엄마랑 친구처럼 지낸다더라." 엄마도 곧잘 그런 소리를 했다. 진심이었을까? 엄마가 진짜로 원하는 것은 재민이 오빠처럼 공부를 잘하는 자식 아닌가? '완벽한 가정'을 깨뜨렸다는 이야기를 들은 후부터 나는 엄마 앞에서 더욱 기가 죽었다. 그 말을 하던 엄마의 얼굴을 영원히 잊지 못할 것만 같다. 그래도 역시 내가 살갑게 구는 쪽이 더 나았을 것이다. 엄마를 좀 더 웃게 만들어야 했었다. 오빠는 엄마더러 이기적이라고 하지만 내가 보기에 오빠가 더 이기적이다. 엄마가 아픈데 걱정도 하지 않다니. 그날은 정신이 없어서 몰랐지만 지금 생각해 보면 오빠는 냉혈한 같다. 그나저나 얼굴을 본 지도 며칠이 지났다. 나는 오빠가 현관문을 열고 들어오는 소리를 듣는다. 내 방문을 노크해 주지 않을까, 하는 기대를 하지만 밖으로는 나가지 않는다. 가족이 가장 만나기 힘들고 이야기하기 어려운 사람들이 되었다. 그리고 이제는 가족이 가장 모를 사람이 되어 버렸다.

아빠가 붙여 준 테이프를 만져 본다. 잠은 점점 더 오지 않는다. 침대에 누워 오렌지빛 가로등이 밝아졌다가 다시 어두워지는 것을 모두 지켜볼 때도 있다. 밤 시간은 낮 시간보다 빠르게 지나갔다. 나는 이제 잠을 자려고 노력하지 않는다. 잠들지 못하는 밤 시간은 낮 시간을 더욱 피곤하고 힘들게 했지만 뭔가를 노력하는 일은 이제 하고 싶지 않다.

꾸역꾸역 하루를 살고 있다.

130

피피를 좋아했던 일이 꿈만 같다. 누군가 때문에 그토록 애가 타고 가슴이 설레었다는 게 거짓말 같다. 다시 원래의 나로 돌아왔지만 처음의 나는 아니다. 나는 더 초라해지고 비참해졌다. 드로잉북을 꺼내 '죽음과 소녀'를 들여다본다. 소녀의 눈동자는 죽음처럼 빛이 꺼져 있다. 다음 장을 넘겼다. 마치 추상화 같은 피피다. 추상화를 배운 일이 없으므로 이건 아무것도 아닌 그림일 것이다. 나만 알아볼 수 있는 피피가 그림 속에서 웃고 있다. 다음 장을 넘겼다. 아무것도 그리지 않은 하얀 도화지에, 손목을 그리기로 한다. 선을 긋는 일이야, 선을. 속으로 중얼거린다. 왼쪽 손목을 본다. 힘을 주니 푸른 혈관이 도드라진다. 인터넷을 검색해 컴퓨터 화면 속에 있는 커터 칼을 도화지에 정교하게 옮겨 그렸다. 커터 칼과 손목은 정확하게 90도다.

붉은색을 떠올린다. 속이 울렁거린다. 입에서 피 맛이 난다. 하지만 나는 이제 어리지 않은데. 붉은색이 공포스러운 원인도 알았다. 원인을 알면 공포가 사라진다는 말을 들은 기억이 있다. 그건 엄마의 죽음에 대한 공포였다. 이제는 나의 죽음에 대해 생각하고 있다. 두려워할 이유가 없다. 그런 생각이 드니 당장에 실천에 옮겨야 할 것만 같았다. 방 안을 뒤졌다. 당연히 그 어떤 붉은색도 없다. 오빠 방에는 있을까? 새벽 세 시가 넘어서고 있었다. 방 안으로 넘어 들어오는 가로등 불빛에 의지해 살짝 문을 열었다. 제일 먼저 안방으로 시선이 갔다. 엄마가 나오면 어쩌지? 두려움이 몰려왔다. 살금살금 오빠 방으로 갔다. 아주 약하게 노크를 했다. 아무 소리도 들리지 않는다. 소리가 나지 않도록 조심하며 문을 열고 들어갔다. 다행히 오빠는 자고 있었다. 서랍을 뒤져 크레용을 꺼냈다. 어린 시절 그날과 같은 느낌이 되었다. 잠들어 있는 건 오빠다. 나는 이제 붉은색 크레용과 피를 구분할 줄 아는 지각도 있다. 방을 나오면서 설핏 오빠를 보았다. 잔뜩 인상을 쓰면서 자고 있다. 가만 보니 오빠의 귀 뒤에도 나와 같은 테이핑 치료가 되어 있다. 오빠도 잠들지 못하는 걸까?

방으로 돌아와 크레용을 열었다. 불을 켜지는 못했다. 창틀에 걸터 앉아 붉은색 크레용으로 손목을 붉게 칠했다. 그날처럼 형광등이 켜질까 봐 조바심이 났다. 눈은 점점 어두움에 익숙해지기 시작했다. 어슴푸레 밝아 오는 새벽빛에 가로등 불빛도 점점 더 옅어져만 갔다. 나는 꼼짝도 못하고 앉아 있었다. 오랜만에 어떤 열망 같은 게 가슴속에서 올라오고 있었다. 그 열망과 싸우고 있었다. 가로등 빛이 더 희미해졌을 때, 일어섰다. 형광등을 켰다. 그림을 보는 것과 동시에, 마치 어떤 신호처럼, 두 눈이 빠르게 깜빡이기 시작했다. 그림을 노려보았다. 눈은 더 빠르게 움직였다. 눈을 감은 후에도 눈꺼풀은 깜빡이고 싶은 것처럼 파르르 떨렸다. 틱이 시작된 것이었다. 주홍글씨를 하나 더 얼굴에 달게 되었다.

6.

뒤쪽에서 무언가가 날아왔다. 종이 뭉치가 머리카락을 스치며 바닥에 떨어지는 게 보인다.

"도연쓰, 머리 좀 치워 줘."

민도연은 어떻게 했을까? 아이들이 내 머리를 과녁으로 정확하게 겨냥할 수 있도록 몸을 비켜 주었을까?

"아, 대가리 치우라고!"

민도연은 왜 가만히 있는 걸까? 눈동자가 빠르게 깜빡거리기 시작한다. 이제 종이 뭉치는 옆에서 날아온다.

"한재희, 편지 받아."

뒤에서 팔이 쑥 나와 종이 뭉치를 받았다. 민도연이었다. 아이들을 자극하고 싶지 않다. 동요하는 모습까지 보인다면 너무 수치스러울 것 같았다. 나는 고개를 숙이고 시간을 견디고 있었다. 삶이 점점 더

너덜너덜해지는 기분이 들었다. 피피는 나와 마주칠 때면 여느 때처럼 활짝 웃는다, 이해할 수가 없다. 피피와 나의 관계는 완전히 끝난 게 아니었던가? 한 번은 복도에서 어색하게 마주친 일이 있다.

"재희."

피피는 내 이름을 정확하게 불렀다, 그러고는 그만이었다. 피피한테서는 여전히 파코향이 났다. 어느 책 제목처럼 '이별에도 예의가 필요하다' 그건 서로 만났던 사람들에게 해당하는 말인 것 같다. 피피와 나는 만났던 게 아닐는지도 모르겠다. 병신 같은 년. 내가 들어본 욕 중에서 가장 심한 거였다. 그런 내가 이상한 건가? 아이들을 기분 나쁘게 만드는 그 고상함이라는 건가?

수업 시간이 시작되고도 소란스러움은 가라앉지 않았다. 종이 뭉치를 읽은 건 영어 선생님이었다.

"여자랑 그것도 해 봤니?"

얼굴을 푹 수그렸다.

"뭐야, 이건?"

깜빡깜빡깜빡, 눈에 경련이 일어나기 시작했다.

"누가 이런 장난을 한 거야?"

선생님은 전혀 화난 목소리가 아니었다.

"한재희 거예요!"

"한재희 주세요!"

아이들은 무척이나 즐거워하고 있었다.

"한재희가 누구야?"

"대단한 미인이요!"

아이들이 동시에 소리쳤다.

"미인? 전학생?"

나는 침을 삼키면서 숨도 들이마셨다. 칼로 베인 것처럼 목구멍 안쪽에 날카로운 통증이 느껴졌다.

"재희 그런 애 아니에요. 애들이 장난치는 거예요."

그 말을 한 건 놀랍게도 피피였다. 피피는 그렇게 나를 변호했다. 모양새는 그랬다, 언젠가처럼. 분명한 건 피피는 이상한 소문이 나는 것을 바라고 있지 않다는 것이었다. 특히 선생님들을 꽤 신경 쓰는 듯했다. 시험이 코앞이었다. 예체능 시간들은 영어나 수학을 보강하거나 자율 학습으로 대체되었다. 이제 CA도 하지 않는다. 원하는 아이들을 대상으로 진행되는 야간 자율 학습만이 변함없이 그대로였다.

집으로 돌아와 방문을 잠갔다. 아빠는 아직 내게 틱이 있는 걸 모른다. 걱정을 시키고 싶지 않다. 드로잉북을 열고 다시 손목 그림을 그린다. 커터 칼의 날은 은색으로 칠하기로 한다. 이번에는 손목에 여러 개의 붉은 선을 그었다. 초조한 마음은 그대로 드러나 눈을 빠르게 깜빡이며 붉은색 크레용을 신경질적으로 그어댔다. 아빠가 알기 전에 틱을 고쳐야 한다. 절대로 아빠가 알아서는 안 된다. 이유 없이 눈을 껌뻑거리는 바보 같은 모습을 보여 주고 싶지 않아. 아, 나는 정말 병신이 된 것 같다. 이런 모습을 보면 아빠는 얼마나 속상할까, 얼마나 가슴 아파할까? 아빠는 대체! 대체! 대체! 왜! 바람을 피운 걸까? 아빠는 우리를 배신했다. 엄마를 배신했다. 나는 감정을 어쩌지 못하고 방 안을 서성거리다 밖으로 나갔다. 굳게 닫혀 있는 안방 문을 노크도 없이 벌컥 열었다. 엄마는 안락의자에 앉아 창밖을 내다보고 있었다. 고개를 돌린다.

"재희. 오랜만이다."

생각했던 것보다 엄마는 좋아 보였다, 아빠 말처럼.

"기억이 돌아왔다고?"

엄마는 보호대를 찬 왼쪽 손목을 들어 보이며 말했다. 속이 매슥거리기 시작했다. 뭘 먹었더라, 기억을 떠올렸다. 아무것도 먹은 게 없다는 걸 알아차리는 순간 토악질을 했다. 초록색 물이 나왔다.

"어머 얘, 왜 이래? 아줌마, 아줌마!"

마치 꿈같았다.

"얘가 또 숨을 안 쉬네."

엄마는 어쩔 줄을 몰라 했다. 의식은 살아 있는데 몸이 말을 안 들었다. 그러는 사이에도 틱은 계속되고 있었다.

"어머, 얘 발작하나. 왜 이래."

나를 부축한 건 아줌마였다. 침대에 뉘인 것도. 꿈이 아니었다. 눈을 감고도 나는 계속 눈을 깜빡거리고 있었다. 그대로 밤이 되었다. 어쩌면 잠깐 잠깐 잠이 들었는지도 모르겠다.

"나는 약속 지켰어. 당신이 재희 눈앞에 나타나지 말라고 해서 꼼짝도 안 하고 있었단 말이야."

변명하는, 엄마의 목소리가 들렸다.

"지금은 재희 생각만 좀 할 수 없어?"

"참 나. 재희는 내 딸이기도 해. 내가 배 아파서 낳았단 말이야. 혼자 위하는 척하지 마. 역겨워. 그렇게 딸자식을 위하는 사람이."

"그만 해!"

아빠가 엄마를 데리고 나가는 기척이 느껴졌다.

다행이다, 다행이다. 마음으로 중얼거렸다. 엄마는 괜찮다. 내 걱정을 한 눈치도 느껴지지 않는다. 엄마가 신경 쓴 건 오로지 아빠뿐이었다. 역시. 내가 죽는다고 해도 엄마는 괜찮을 것 같다. 한동안은 슬프겠지. 아빠는 더 많은 위로를 해 줄 것이다. 그러면 엄마는 곧 괜찮아질 테지. 모자란 내가 사라지면 엄마는 완벽한 가정을 만들 수도 있다.

이어폰을 꽂고 '죽음과 소녀'를 듣는다. 이제는 그만 떠날 준비를 해야겠다, 마음이 한결 가벼워지는 것 같다. 삶이 나를 조롱할 때 죽음을 떠올렸던 건 어쩌면 삶의 끈을 놓지 않으려는 이유도 있었다. 나는 애쓰고 있었던 것이다. 지금 내가 떠올리고 있는 죽음은 다른 느낌으로 나를 가볍게 하고 있다. 그건 삶에 대한 가벼움이다. 점점 더 투명해지는 느낌이랄까. 이제 시간의 바람은 나를 피해 가지 않는다, 나는 더 이상 피할 수 없다. 바람은 나를 그대로 통과하여 구석구석

크고 작은 구멍들을 만들기 시작했다. 삶이 만들어 놓은 구멍들에 더 이상 너덜너덜해지기 전에 나는 얼룩 같은 나의 흔적들을 지우기로 했다.

책상에 앉아 서랍을 열었다. 첫 번째 서랍 안에는 문구류가 들어 있다. 다섯 색들의 형광펜과 강아지 그림이 그려져 있는 메모지 세트가 있고 개구리, 닭, 호랑이 따위 캐릭터가 달린 연필이 있다. 한 번도 쓰지 않은 탁상용 스케줄 달력과 키티 지갑도 있다. 명지가 생각 났지만 줄 용기가 나지 않아 관두기로 한다. 두 번째 서랍에는 액세서리들이 들어 있다. 쿠키 모양의 머리끈으로 머리를 한 번 묶어 보았다. 마지막 서랍에 있는 것들은 모두 종이 가방에 담았다. 생일 날 받았던 카드와 쪽지들, 낙서처럼 베껴 그린 그림들을 모아 둔 것이다. 검은 봉투에 담아서 다시 쓰레기봉투에 넣으면 아무도 모를 것이다. 문득 내가 눈을 깜빡이지 않는다는 사실을 알게 되었다, 그 순간 다시 눈이 깜빡이기 시작했다. 오빠의 크레용을 돌려주어야겠다고 생각할 때였다. 방문 손잡이가 천천히 돌아가는 게 보였다. 서둘러 손으로 눈을 가렸다.

"재희."

오빠였다. 이어폰을 뺐다. '죽음과 소녀'가 멈춘다.

"불도 안 켜고 뭐 해?"

"응, 켜지 마."

의자를 회전시켜 창문 쪽으로 몸을 돌렸다. 오빠가 내 눈을 보지 못하도록.

"괜찮니?"

"오빠 크레용 가져 가. 내가 빌려 썼어."

"엄마 봤다고?"

"응. 엄마 좋아 보이더라. 다행이야."

오빠가 다가오는 게 시야에 들어왔다. 크레용을 가져가려나 보다 했는데 어깨에 손을 짚는다.

"너 정신과 치료 시작할 거야. 아빠가 그러더라. 근데 네 생각은 어때? 엄마랑 같이 하는 게 좋지 않겠어?"

"난 엄마가 무서워."

말해 버렸다. 말하고 나서야 알았다. 그런데 왜, 나는 왜 엄마를 무서워하는 거지?

"내가 대신 말할게, 아빠한테."

눈이 점점 더 빠르게 깜빡였다.

"내가 엄마 무서워한다는 말은 하지 말아 줘."

"이 밥통아!"

나는 깜짝 놀라 어깨를 들썩였다. 그 사이 오빠가 의자를 돌렸다.

"너, 너, 눈……."

오빠는 깜빡깜빡거리는 내 눈을 멈추게라도 하려는 것처럼 무섭게 노려보았다.

"응. 눈이 좀 이상해."

오빠는 숨만 거칠게 몰아쉴뿐 말이 없다.

"나, 너무 바보 같지. 병신 같아."

그 소리를 또 해 버렸다, 병신이라는 말.

"난 네가 항상 짜증났어, 알아?"

알고 있어, 그렇게 화내지 마. 나처럼 공부도 못하고 성격도 예민한 애가 동생이어서 오빠도 참 답답했지? 창피했지? 차라리 동생이 없었으면 좋겠다는 생각도 많이 했을 거야. 오빠는 곧잘 남동생을 갖고 싶다고 말하곤 했잖아.

여름이었다. 어린 나는 마루에 깔아 놓은 돗자리에 누워서 설핏 잠이 들었던 것 같다. 오빠가 들어오는 소리에 잠이 깼다. 오빠는 화가 많이 나 있었다. 남자 동생 하나 더 만들어 달라고 엄마한테 떼를 쓰기 시작했다. 재희는 너무 짜증 난다고. 장난이었을까, 진심이었을까. 엄마는 재희 같은 애 또 나올까 봐 걱정돼서 아이를 낳을 수 없다고 했다. 나는 자는 척하느라 두 눈을 더 꼭 감았다.

"화가 날 때는 화를 내란 말이야."

내가 화를 냈다면 엄마하고 오빠는 어떤 얼굴을 했을까? 엄마하고 오빠가 얼마나 무안할까, 그런 생각으로 자는 척했던 것 같지는 않다. 나는 내가 부끄러웠다. 그래서 화를 낼 수 없었던 거야, 오빠. 잠에서 깨어날 수 없었던 거야.

"당신이 엄마냐고 욕을 하란 말이야."

가슴이 불안하게 뛰기 시작했다. 심장이 여러 개로 늘어난 것 같았다.

"엄마 들으면 어떻게 하려고 해?"

눈도 빠르게 깜빡이기 시작했다, 손으로 눈을 가렸다. 오빠는 그 손을 거칠게 내렸다.

"공부를 잘하거나 깡다구가 있거나."

오빠는 단단히 화가 나 있었다.

"깡다구 같은 게 있기는 애초부터 글러 먹은 애였고, 그래서 난 네가 공부 잘하기를 바랐다. 강해지길 바랐다고. 엄마가 처음 자살을 시도했던 그때, 나는 가슴에서 반쯤은 엄마를 죽였어. 그렇게 하지 않으면 살 수가 없으니까. 엄마는 절대 죽지 않아, 그러니까 너도 강해지란 말이야!"

"엄마가 죽지 않을 거라고…… 어떻게 그렇게 자신만만해?"

"그건 쇼였어, 쇼. 너도 머리가 있으면 생각을 좀 해. 엄마가 어떤 사람인지 파악을 좀 해 보란 말이야!"

오빠는 거칠게 문을 닫고 나갔다.

어린 시절 나는 곤충이 그려진 동화책을 좋아했다. 엄마가 처음 곤충 박물관에 데려갔을 때 자지러질 듯이 울었던 일이 생각난다. 파스텔 톤의 귀여운 그림으로 보던 곤충들은 시꺼멓고 번들거렸으며 아주 흉측한 모습을 하고 있었다. 거기다가 살아 움직이기까지 했다. 나는 눈으로 보는 것만으로도 쉴 새 없이 꿈틀거리는 수많은 다리들의 공격을 받았다. 이후에는 곤충이 그려진 그림책들도 볼 수 없었다. 나는 오빠 옆에 꼭 붙어 있었다. "원래 곤충은 저런 거야." 오빠는 어른스럽게 말했다. 그림책으로만 곤충을 보던 그때가 더 행복했을까? 동화책으로만 세상을 상상하던 그때가 더 행복했을까? 나는 내가 보고 싶은 대로 엄마를 본 걸까, 믿고 싶은 대로 믿은 걸까. 오빠, 나도 혹시 살기 위해서 그랬던 거라는 생각은 안 해 봤어?

어렸을 때 나를 괴롭히던 남자애들을 오빠가 혼내 준 기억이 난다. 그때만 해도 오빠는 나한테 너무나 고마운 사람이었는데. 엄마가 오빠와 나를 비교하지만 않았어도 좋았을 것 같다. 아니, 내가 공부를 잘해야 했겠지. 그게 맞겠지. 오빠는 이해할지 모르겠지만 그건 어쩔 수 없는 일이야. 깡다구가 성격인 것처럼, 공부도 내가 생각하기에는 그렇다. 아, 하지만 오빠, 내가 공부를 못해서 죽은 것으로 오해하지는 않았으면 좋겠어. 뭐, 그것도 아주 틀린 말은 아니겠지만, 한 사람이 죽음에 이르는 이유가 어떻게 한 가지 뿐이겠어.

그래, 오빠 말대로 나는 약해.

이 세상은 나 같은 사람이 살기엔 너무 힘들어.

나는 이제 그만 벗어나고 싶어. 삶의 바람이 내어놓은 구멍에 삼켜지기 전에 말이야. 그건 너무 비참하고 끔찍해. 가족들에게도 미안한 일이야. 벗어나고 있어, 벗어나고 있어, 나의 마지막 자존심으로. 삶에서 마지막으로 나에게 베푸는 배려, 나의 고통을 헤아려 너무 원망은 말아 줘.

7.

명지는 담임 선생님의 말을 전했다.

"등나무로 오라는데. 어딘지 아니?"

고개를 끄덕였다. 눈도 깜빡였을 것이다. 서둘러 얼굴을 돌렸다.

"거기 애들이 잘 안 간다. 이유도 아니?"

명지는 주위를 두리번거리더니 귓속말을 했다.

"우리 선배 중에 등나무에서 목을 매달아 자살한 사람이 있었거든. 등나무 줄기에 목을 칭칭 감고서. 등나무 뿌리에는 아직도 시뻘건 피가 고여 있댄다."

명지는 몸을 바로 했다.

"무섭니?"

나는 빠르게 눈을 깜빡였다. 명지에게서 빨리 놓여나고 싶었다.

"눈 그러는 거, 그거 새로 나온 리액션이니?"

명지는 킬킬대며 자리를 떴다.

교실을 나오며 꼭꼭 참고 있던 숨을 꿀꺽 삼켰다. 선생님은 왜 보자는 걸까? 시험 때문일까? 성적 때문일까? 이제 그런 건 내게 필요 없는데. 많은 사람이 죽음에 대해 연구한다, 자살한 사람들에 대해 연구한다. 그 어떤 연구도 이해할 수 없다, 나는 믿지 않는다. 모두 산 사람들이 하는 거니까. 죽음을 보지 않은 사람들은 그저 상상할 뿐이다. 자살이 미수로 끝난 사람들은 어쩌면 죽음을 보려고 하지 않은 사람일 수 있다, 엄마처럼. 자살한 사람들은 연구할 수 없다. 그들은 죽었으니까. 너무나 당연하지 않은가. 내가 죽으면 아무도 나를 인터뷰할 수 없다. 나한테 왜 죽었냐고 물을 수 없다. 얼마나 고통스러웠는지도 물을 수 없다. 그 사람들은 그저 살았을 때의 나를 기억할 수 있을 뿐이다. 어른들은 청소년들이 자살하는 것을 우발적이라고 말한다. 자살은 순간적인 충동으로 술이나 담배를 하는 것과는 다르다. 친구들하고 싸우다가 격앙이 되어 다리가 부러지거나 부러뜨리는 그런 일이 아니다. 나는 자살을 생각하고 있다. 나는 우발적이지 않다. 이건 어린 시절부터 내 피부 켜켜이 잠복해 있다가 바람이 불면 술렁이는 얼굴 없는 괴물이다. 괴물은 기회를 엿보며 조금씩 내 영혼을 파먹는다. 괴물과 내가 하나가 될 때 괴물은 얼굴을 갖는다, 바로 내 얼굴이다, 죽은 내 얼굴. 나는 죽은 후의 내 얼굴을 떠올리고 있다. 집 안에서 죽고 싶지 않다. 그러면 가족들이 보게 될 테니까. 내 시체를 보면 괴로울 것이다. 그런 아픔을 준 사람은 엄마 하나로 족

하다. 나마저 그런 짐을 지울 수 없다. 나는 아주 먼 곳으로 떠나 죽을 계획이다. 그러면 적어도 괴물의 얼굴은 보이지 않을 수 있다.

멀리서 등나무를 바라보았다. 등나무 뿌리에 시뻘건 피가 고여 있다는 말은 거짓말일 것이다. 목을 매어 자살하는 사람은 피를 흘리지 않는다. 등나무 줄기에 목을 매었다는 말도 믿기 힘들다. 좀 더 튼튼하고 기다란 줄이 필요하다. 하지만 누군가 정말로 등나무에 목을 매어 자살했다면 시체를 가장 먼저 발견하는 사람이 가족은 아니었으면 하는 바람 때문이었을 것이다. 선생님과 눈이 마주쳤다. 가볍게 목례를 했다.

"옆에 앉아."

다행이었다. 눈을 보이지 않을 수 있으니까. 선생님은 음료수를 건넸다.

"베지밀이다. 건강식이지."

"감사합니다."

"가방은 잘 받았니?"

"아."

나도 모르게 그런 소리가 새어 나왔다.

"필순이가 건네준다고 했는데, 잘 받았어? 교무실로 오라는 말도 전했는데 깜깜무소식이어서 그래서 부른 거야."

가방을 건네준 건 민도연이었고, 교무실 호출 이야기는 듣지 못했다.

"반항하니?"

우물쭈물하고 있는데 선생님이 웃는 소리가 났다.

"농담이야. 못 들었겠지, 아무도 전하는 사람이 없었겠지. 그런 거 아니니?"

나는 선생님 모르게 눈만 깜빡거리고 있었다.

"그건 그렇고."

선생님은 잠시 뜸을 들였다. 무언가 하기 힘든 이야기를 꺼내려는 것 같았다.

"학교생활 힘들지?"

다시 침묵.

"우리 재희는 뭐 하는 게 좋니? 뭐 하는 게 제일 재밌어?"

선생님은 짐짓 밝은 체하는 목소리로 물었다. 나는 베지밀만 만지작거렸다. 선생님은 어쩌면 자기가 하려고 했던 어려운 이야기를 하지 않기로 한 것도 같았다.

"그림이요."

"그래서 CA도 미술이었구나. 미술실 공사 거의 끝나가는데. 앞으로는 종종 이용하면 좋겠네."

선생님이 궁금한 건 뭘까?

"재희는 누구랑 제일 친하니? 반에서 말이야."

답이 없는 질문이다.

"필순이하고 친하니?"

"아니요."

"아무하고도 안 친해?"

그냥 궁금한 걸 물어보세요. 하고 싶은 말을 하세요. 선생님은 제가 불편한 거죠? 공부도 못하는 애가 전학을 왔는데 성격도 좋지 않아서 친구도 없는 것 같고, 그러니까 신경 쓰이는 거죠? 혹시 무슨 말썽이라도 피울까 봐 그러세요? 그러면 누구한테 물어봐야 하나 미리부터 준비하고 계신 거예요? 눈에 경련이 일어나는 것 같다.

"하긴."

선생님은 픽, 웃었다.

"꼭 누구랑 친해야 하는 건 아니지. 우르르 몰려다니는 애들 보면 약해서 그런 거야. 혼자 있는 게 두려워서 그런 거지. 인생 전체로 봤을 때 학교 다니는 몇 년은 아주 짧아. 그 짧은 시기 동안 꼭 누군가와 우정을 나눠야 하는 건 아니라는 거야."

선생님은 왠지 강변을 하는 느낌이 들었다. 그리고 나는 선생님이 하는 이야기가 낯설었다. 나는 강해서 혼자 지내는 것이 아니다. 외톨이가 된 건 내가 약한 사람이기 때문이다. 우정이라는 건, 내가 가장 목말라하는 거고.

"혼자 지내고 싶으면 혼자 지내는 거야. 대신 별일 없어야 하는 거다. 지난번에도 말했지만 무슨 일 있으면 꼭 선생님을 찾아와 줘. 너한테 도움이 되고 싶어."

선생님은 자리에서 일어서더니 눈을 맞추고는 다시 건물로 들어갔다. 선생님에게 찾아갈 그런 일은 없을 것 같다. 선생님은 일부러 눈을 맞췄다. 나의 틱을 보기 위해서. 내가 틱이 있다는 것을 확인하기 위해서. 내가 문제가 많은 아이라는 것을 자신이 알고 있다는 것을 보여 주고 싶었을까? 선생님이 바라는 것은 내가 문제를 일으키기 전에 아는 것이다. 그것뿐이다. 선생님이 바라는 대로는 안 될 거예요.

"무슨 생각을 그렇게 해?"

깜짝 놀라서 고개를 돌렸다. 민도연이다.

"너 정말 여러 가지 한다."

민도연은 내 눈을 보며 말했다.

"별일이 있을 것 같더니 별일이 생겼구만."

한숨을 쉰다. 이름표를 보니 오늘은 용가리다.

"담임한테 혼난 건 아니지?"

"응."

"됐다, 그럼."

"도연아."

나는 일어서려는 민도연을 불렀다.

"가리라고 불러 줘. 도연이는 여행 갔어."

"그날 가방 갖다 줘서 고마웠어."

"그 말은 그때 했잖아."

"그랬나. 알았어."

민도연은 다시 앉았다.

"옆에 있어 줘?"

고개를 끄덕였다, 그날처럼.

"왜 자꾸 그렇게 물었어, 별일 없냐고?"

나는 눈을 감으며 물었다. 역시 머리가 아무리 원해도 몸은 말을 듣지 않는다. 틱은 내가 죽어서야 끝이 날 것 같다. 감은 눈이 꿈뻑꿈뻑 한다.

"그렇게 물어 본 사람 나밖에 없었어?"

"응."

차라리 눈을 깜빡거리기로 한다, 눈을 떴다.

"애들 참, 인정머리라고는."

민도연은 입맛을 다셨다.

"너 무진장 불행해 보여. 불행한 일을 겪기도 했고."

"피피, 말하는 거니?"

"피피는 무슨. 공필순 새끼지."

웃음이 났다.

"왜, 내가 욕해 주니까 좋냐? 나 원래 걔 안 좋아했어. 그런 애 딱 질색이야."

"나 피피 아직도 좋아해, 그래서 웃은 거 아니야."

나는 또 거짓말을 한다.

"좋아하든가 말든가."

문득 궁금해졌다. 내가 필요로 할 때 민도연이 나타나는 이유가.

"나 여기 있는 거 어떻게 알았어?"

149

"명지가 말해 줬어. 너 좀 데려오라고. 너 또 교실에 안 들어 올까 봐 걱정되나 보던데. 담임이 등나무로 부른 것도 신경 쓰인다면서."

"등나무가 왜?"

"여기서 한 명이 자살했거든. 담임 반이었대. 담임 그 충격 때문에 송곳으로 얼굴을 찔렀잖아. 알지? 왼쪽 볼 이상한 거."

"그럼 명지가 한 말이 사실이었던 거야?"

"송곳 얘기는 정확하지 않아. 담임 얼굴이, 그러니까 그냥 소문일 수도 있어. 아, 어떤 여자가 송곳으로 얼굴을 찌르겠냐. 보조개 만들려는 것도 아니고. 근데 왜 하필 등나무에서 자살했을까. 나 등나무 되게 좋아하는데."

민도연의 목소리를 듣고 있으니 촉촉한 잔디가 떠올랐다. 바람이 불 때마다 잔디는 이슬을 터뜨린다.

"다른 나무들은 위로 자라잖아. 등나무는 옆으로 자란다. 개성 있지 않냐. 뭐, 그것도 팔자겠지만. 것도 왼쪽으로 자란다고 왼쪽으로. 것도 마음에 들어. 무슨 생각 해?"

말을 해도 될까?

"너 목소리 말이야."

"내 목소리가 좀 괜찮지."

"초록색 같애."

민도연은 느닷없이 웃음을 터뜨렸다. 초록색 잔디 위에 바람이 쌩, 하고 분다. 잔디가 까르르 웃는다. 민도연과 친구가 되면 얼마나 좋을까, 그런 부질없는 생각이 바람이 지나간 잔디 위에 내려 앉았다.

"공주님인 줄 알았더니 시인인가 봐. 들어가자. 점심시간 끝나 간
다."

나는 조용히 민도연의 뒤를 따랐다. 공주님……. 나도 그런 생각을
해 보았던가? 어쩌면, 초등학교에 들어가기 전에는 했던가, 성적표를
받기 전에는, 내가 할 줄 아는 게 아무것도 없다는 것을 모르기 전에
는.

민도연의 뒷모습은 처음 본다. 사람의 뒷모습은 곧잘 영혼을 흘린
다. 도연은 아주 단단해 보이는 등을 가지고 있었다. 나는 힘겹게 어
깨를 한 번 추스르고는 도연의 뒤를 따랐다.

8.

"오빠한테 얘기 들었니?"

고개를 끄덕였다.

"정신과가 아니야."

아빠는 심리 치료라고 정정해 주었다.

"필요 없어요."

아빠는 내 눈을 들여다보고 있다. 바보처럼 깜빡거리는 눈을.

"그럼, 아빠를 위해서 해 주는 건 어떨까?"

아빠는 가만히 손을 잡는다.

"아빠 걱정을 조금만 덜어 줄 수 있겠니?"

"나 혼자 이겨낼 수 있어요."

"재희야."

아빠는 손등을 쓸어내린다.

"재희는 영원히 아빠의 소중한 딸이야. 재희가 어떤 모습을 하건 아빠는 늘 재희를 사랑하고 믿을 거란다. 그런데 지금 재희 모습은 아빠를 너무 아프게 해. 아빠가 할 수 있는 일은 하고 싶다. 그냥 옆에서 지켜보는 것, 그건 아빠로서 책임 방기야."

나는 아빠가 하는 말을 하나하나 새겨들었다. 내가 도망갈 수 있는 구실을 어떻게 해서든지 찾고 싶었다. 그런 마음은 아빠의 눈 속에 들어 있는 나를 보고는 무너졌다.

"알았어요. 갈게요."

아빠의 진심 앞에서 더는 실랑이를 할 기력이 없었다. 정신과 치료건 심리 치료건 나를 바꾸지는 못할 것이다, 이제는 너무 늦었다. 나의 시간은 평소보다 더 느리게 가고 있다. 일찍 죽음에 이르는 사람들은 나처럼 많은 시간을 살까?

아빠가 데려간 곳은 명동이었다. 분홍색과 연두색 지붕이 비탈져 내려오면서 맞닿아 있는 꽤 예술적으로 보이는 건물 앞에서, 나는 숨을 들이마셨다. 어떤 선생님일까? 분명 틱에 대해 관심을 보일 것이다. 눈이 다시 깜빡인다. 틱은 전혀 나아질 기미를 보이지 않고 있다. 몇 번이나 다짐을 하지만, 결심을 많이 한 날일수록 상태는 더 심해진다. 잠자리에 들기 전에는 어떤 의식을 치르는 것처럼 이불을 뒤집어쓰고 격렬하게 눈을 깜빡거려야 한다. 얼굴 근육에 경련이 일어날 때까지 의식은 계속된다. 붉게 충혈된 눈으로 해가 떠오르는 것을 바라보던 어느 날 나는 시체처럼 일어나 드로잉북을 열어 검고 축축한 죽음의 눈동자를 그려 넣었다. '죽음과 소녀'를 완성시켰다.

　우리는 대기실에 앉았다. 잠시 후 안쪽에 있던 문이 열리고 키가
무척이나 큰 여자분이 나왔다. 선생님이었다. 나는 선생님을 따라 사
각의 공간 안으로 들어갔다.
　"앉아요."
　감정을 알 수 없는, 차분한 목소리였다. 선생님은 책상 위에 있는
디지털시계에 시선을 주었다. 나는 선생님 앞에 있는 의자에 앉았다.
불편했다. 내가 너무 드러난다는 생각이 들었다. 책상이 있었으면 좋
겠다고 생각했다. 아니면 쿠션 같은 거라도. 나는 무릎을 꼭 붙이고
손을 깍지 꼈다. 오른쪽 어깨가 올라간 것 같아서 의식적으로 내렸
다. 그러는 내 모습을 선생님이 보고 있었다. 내가 원하는 것은 최대
한 정상인 아이로 보이는 것이다. 그래서 아빠가 애쓰는 이런 일을
관두는 것이다.
　"한재희."
　대답을 해야 할지 말아야 할지 몰라 가만히 있었다.
　"재희. 이름도 예쁘고 얼굴도 예쁘고 마음도 참 예쁜 것 같네."
　선생님의 목소리는 귓가에 떠도는 그런 소리가 아니었다. 기분이
이상했다. 선생님의 목소리는 바로 가슴으로 들어오는, 그런 소리였
다. 나는 허리를 더 꼿꼿이 세웠다.
　"요즘에 기분은 어떠니?"

나는 자신감 없는 아이로 보이지 않으려고 눈을 맞추었다. 선생님의 강렬한 눈빛 속으로 빨려 들어갈 것만 같았다.

"좋아요."

웃으려고 했지만 잘 안 되었다.

"틱 때문에 힘들지?"

뜨거운 바람이 가슴을 휘돌아 나갔다.

"너를 지켜 주기 위해서 틱이 온 거란다. 그렇지 않으면 이 착한 아가씨가 입을 꾹 다물고 있을 테니까. 틱은 도와 달라는 신호야. 몸이 살려고 몸부림치는 거지. 그러니까 틱을 미워하면 안 돼."

선생님의 목소리는 가슴 속에 차곡차곡 쌓인 눈물을 흔든다. 선생님의 눈이 나를 안다고 말하고 있다. 처음 본 사람인데, 나를 들여다보고 있다. 틱이 점점 잦아드는 것이 느껴졌다. 마음을 열어도 될까? 내가 하고 싶은 말을 해도 될까?

"우리는 일주일에 세 번씩 만날 거야. 재희가 하고 싶은 말이 있다면 뭐든지 다 해도 좋단다."

하지만 내가 하는 말들은 다 부모님께 전달될 것이다. 죽고 싶다는 말을 어떻게 할 수 있을까? 매일 매일 죽어가고 있다는 이야기를 하면 선생님은 득달같이 부모님에게 알릴 것이다. 그러면 부모님은 얼마나 걱정을 할까. 이제 가족들에게 그만 짐이고 싶다. 인터넷으로 죽을 장소를 검색하고 있다는 이야기는 절대 할 수 없다.

"뭐, 특별히 할 말은 없어요."

나는 입을 꾹 다물기로 했다. 선생님은 다시 시계에 눈을 주었다. 나도 시계를 보았다. 상담 시간은 40분이라고 들었다. 분침이 바뀐다. 선생님은 말을 꺼내지 않았다. 고개를 돌려 자신을 보라고도 안 했다. 분침은 또 바뀌었다.

"재희."

드디어 선생님이 입을 열었다.

"엄마는 요즘 어떠신 것 같니?"

"좋아 보이세요."

나는 얼굴에 표정이 올라오지 않게 최대한 담담하게 말했다.

"엄마랑 말도 나누고 그래?"

"그럼요, 엄마인데."

어쩐지 말이 툭툭, 나온다. 화가 난 사람처럼. 선생님은 내가 하는 말들을 분석하고 있을 것이다. 이 아이가 어디가 잘못되었는지 아빠한테 말해줘야 할 테니까. 나는 선생님의 시선을 느끼며 다시 시계에 시선을 주었다. 왠지 선생님을 화나게 하고 싶었다.

"오늘은 이만 할까?"

나는 놀라서 선생님을 돌아보았다. 웃고 있다, 인자하게.

"힘들면 그만해도 돼."

나를 떠보는 걸까? 여러 가지 생각들이 지나갔다.

"안 힘들어요."

웃어 보인다는 게 얼굴을 일그러뜨리고 말았다. 선생님은 내가 그러는 것을 놓치지 않고 보았다, 순간 선생님의 눈동자가 흔들렸다.

"역시 그만하는 게 좋겠지? 급할 거 없단다."

그럴 리는 없겠지만, 내 아픔을 느끼고 있는 것처럼 생각됐다.

"어땠니?"

집으로 돌아가는 차 안에서 아빠는 물었다.

"글쎄요."

나는 속마음을 들키고 싶지 않아 시큰둥하게 대답했다.

"근데 다 저런 식으로 하는 거예요?"

"저런 식? 어떤?"

아빠의 물음에 나는 대답하지 못했다. 내가 궁금한 건 방법적인 부분이 아니다. 뭐랄까, 분위기 같은 것. 선생님의 목소리나 눈빛, 그 시선이 만들어 내는 특별한 공기는, 나를 잘 알고 있는 누군가가 부드럽게 안아 주고 있는 것 같은 그런 느낌이었다. 마치 죽음에 대해 생각할 때처럼 아무 거치적거릴 것 없이 온전한 나로 존재하는 것을 용인받은 기분이랄까.

의자에 깊숙이 몸을 묻고, 자는 척을 했다. 아빠는 내가 잠에서 깰까 봐 조심스럽게 운전을 했다. 아빠는 어떻게 운전해야 하는지 잘 아는 사람이다, 아빠는 운전을 어려워하지 않는다. 나는 어쩌면 내가 생각하고 싶은 대로 생각하고 있는지 모르겠다. 아빠에 대해서 믿고 싶은 것만 믿고 있는지도 모르겠다는 생각이 들었다, 나는 사랑할 자격도 없는 사람이었다, 쓸쓸했다.

9.

기말고사가 시작되었다.

시험은 4일 동안 진행된다. 하루에 주어지는 백 개가 넘는 문제들은 내가 얼마나 하찮은 사람인지 꼼꼼하게 짚어 주고 있다. 문득 내가 시험 문제를 읽고 있다는 사실에 헛웃음이 나왔다. 시험 기간 특유의 묘하게 긴장된 분위기가 교실 안을 감돌고 있다, 불안했다. 쉬는 시간 틈틈이 '죽음과 소녀'를 들었다. 마지막 시간, 시험 감독으로 들어온 화학 선생님은 빨간 치마를 입고 있었다. 나는 자꾸 빨간색으로 시선이 갔다. 그러다가 몇 번 선생님과 눈이 마주치기도 했다. 선생님은 이상한 눈으로 나를 바라보았다. 차라리 책상에 엎드렸다.

빨리 교실을 벗어나고 싶었다. 아무도 없는 곳으로 가고 싶었다. 정답이 궁금한 아이들로 교실은 시끌거렸다, 그 틈에 피피 특유의 허스키한 말소리와 웃음소리가 섞여 있었다. 가방을 메고 일어섰다. 문득 갈 곳이 없다는 생각이 들었지만 걸음을 멈추지는 않았다. 버스로 가야 하는 길을, 걸었다. 땀이 흐르기 시작해 속도를 늦추었다. 고개를 들어 주위를 둘러보았다. 낯선 곳이었다. 핸드폰의 전원을 눌러 껐다. '죽음과 소녀'의 볼륨을 높였다.

택시를 타고 집으로 돌아왔을 때는 꽤 지쳐 있었다.

"전화는 왜 안 받아?"

엄마 말에 의하면 '은신처'였던 안방에서 나온 후 나에게 잘해 주려고 노력 중이다.

"땀은 또 왜 이렇게 흘리고?"

엄마는 아무 일도 없었던 것 같다. "내가 얼마나 고통스러웠는지 안다면 재희 너도 엄마한테 아무 말 못할 거야." 나는 엄마한테 아무 말도 안 했다, 아니 못했다. "너 그거 알아야 해. 엄마는 네 엄마이기 전에 한 여자인 거야." 알고 있어요, 엄마. 그러니까 그만 말해요. 엄마는 마치 며칠 가출했다가 돌아온 사람처럼 굴고 있다.

"나 앞으로는 좀 늦을 것 같은데."

"왜?"

나는 엄마의 손목을 보지 않으려고 노력하며 말했다.

"그게……."

"이상한 생각 하지 마. 엄마도 노력 중이야."

엄마의 눈동자가 붉어졌다.

"너는 엄마를 이해해야 하는 거야. 이럴 때 네가 든든하게 엄마 편이 돼 주고 그럼 좀 좋니? 나이도 어린 게 벌써부터 정신과나 다니고 내가 미치겠다, 정말."

"죄송해요."

"아, 눈 좀 그만 깜빡거려, 정신 사나워. 배고프면 아줌마한테 먹을 거나 좀 만들어 달라고 하든지."

"네. 근데 엄마."

나는 미술실 공사가 끝나간다던 담임 선생님의 말을 떠올리고 있었다. 어디건 상관없다.

"미술반에서 그림 그리다 올 거예요. 내일부터 늦을 거예요."

"그림?"

"네."

"시험은 언제 끝나는데?"

나는 대답을 못했다.

"팔자 좋다. 그런 애가 왜 틱이야, 틱은."

엄마는 뭔가를 더 말하려다 손을 내저었다.

"관두자, 관둬. 너도 힘들겠지. 맘대로 해. 대신 저녁 먹기 전에는 들어오고."

엄마가 방으로 들어가는 모습을 보고 나도 내 방으로 들어왔다. 열린 문이 닫힌다, 열린 문이 잠긴다. 방문을 꼭 닫고 잠갔다. '죽음과 소녀'를 틀어 놓고 방 안을 둘러보았다. 생일카드며 메모들을 담은 검은 봉투는 드로잉북과 함께 쓰레기봉투에 넣어서 버렸다. 수니가 눈

160

에 뜨인다. 괜찮을 것이다, 수니가 속한 곳은 인형 나라니까. 나는 이제 아빠한테 사랑하는 사람이 있다고 믿기로 했다. 그러니까 마음이 더 편해졌다. 책꽂이에는 세 권의 졸업앨범이 꽂혀 있다. 방 안을 꽉 채운 '죽음과 소녀'를 들으며 앨범을 열어 과거를 보았다. 카메라 앞에서는 늘 어색했다. 역시 인상을 쓰고 있다. 유치원, 초등학교, 중학교, 앨범은 이것으로 끝이다. 내가 얼마나 별 볼일 없는 인간인지 아무도 더 이상은 테스트할 수 없을 것이다.

앨범을 넘기다가 나는 채송아를 보았다. 이렇게 생겼었구나. 알고 있었지만 새삼스럽다. 문득 장면 하나가 스치고 지나갔다. 5학년이 된 지 며칠이 지나지 않았을 때였다. 동네 분식점에 김밥을 사러 갔다. 아는 얼굴이 보였다. 송아였다. 송아는 누가 보아도 꼭 엄마 같은 사람과 함께 앉아 있었다. 나는 자그마한 키에 통통한 몸을 한 모녀가 마주 보고 앉아 도란도란 이야기를 나누며 음식을 먹는 모습을 힐끔거렸다. 송아가 나를 모르면 어쩌나, 그런 걱정을 하며 차마 아는 척을 못하고 있었다.

"되게 쳐다보네."

송아는 그런 식으로 말했을 것이다. 쭈뼛거리며 인사를 했다. 송아와는 다르게 송아 아줌마는 반색을 하며 반가워했다.

"어머, 어쩜 이렇게 인형 같니? 아유 야, 우리 송아가 백 분의 일만큼이라도 닮았으면 내가 맨날 업고 다니겠다 야. 이쁘고 날씬하니까 옷 빨 받는 것 봐. 니네 엄마는 얼마나 좋다니."

아줌마의 수다에 나는 어쩔 줄을 몰랐다. 송아는 결국 울음을 터 뜨렸다. 송아 아줌마는 그런 송아한테 틀린 소리 했냐며 머리를 쥐어 박았다. 나는 언제 자리를 떠야 하는지 몰라 그 장면을 고스란히 보 아야 했다. 그 이후였을 것이다. 송아가 나를 미워하기 시작했던 것 이. 왜 잊고 있었을까? 아니, 언제부터 잊었던 것일까? 앨범을 덮는다.

거울 앞에 섰다. 커터 칼을 꺼낸다. "너 얼굴값 못한다는 소리 많이 듣지 않니?" 다희 목소리가 들리는 것 같다. 칼을 볼에 갖다 대었다. 소녀는 죽음과 함께 격정적인 춤이라도 추는가? 연주가 더 빨라지고 있다. 담임 선생님은 정말 송곳으로 얼굴을 찔렀을까? 얼굴이 얽을 정도면 얼마나 깊이 찌른 것일까? 차라리 못생겼으면 좋을 뻔했다. "병신 같은 년." 피피의 말처럼 병신처럼 생겼으면 좋을 뻔했다. 이 얼 굴은 나와 어울리지 않는다, 바닥인 내 삶과도 어울리지 않는다. 칼 날을 세웠을 때, 연주가 끝났다. 갑자기 찾아온 정적 속에서 거울 속 의 나는 울고 있었다. 꾹꾹 눌러 왔던 눈물이 넘쳐 흘러 방울방울 떨 어지고 있었다.

커터 칼의 날을 하나 부러뜨려 새것으로 만든 후 호주머니에 넣었다.

10.

나는 유서 대신 간단한 메모를 남기기로 했다.

그 편이 오히려 가족을 위하는 일 같다는 생각이 들었다. 내가 누구인지 알 만한 소지품들을 다 없앤 후 깊은 산속으로 들어갈 것이다. 충청도 쪽으로 가면 그런 으슥한 곳들이 많다고 한다. 돌아올 차비도 필요 없다. 커터 칼만 있으면 된다.

"얼굴 좋아 보이네."

상담 치료 선생님은 달갑지 않다는 목소리였다. 선생님은 나에 대해서 얼마나 알고 있는 걸까?

"좋아졌어요."

"틱도 안 하네."

"좋아졌거든요."

"좋아졌다……."

선생님은 말꼬리를 늘였다.

"왜지? 왜 갑자기 좋아진 거지?"

선생님은 스스로에게 한 질문인지 생각에 빠지는 얼굴이었다.

선생님은 진실한 사람이다. 몇 번 만나지 못했지만 나는 선생님을 좋아했던 것 같다, 이 시간이 좋았다.

"재희는 감정의 기복이 심한 사람이 아닌 걸로 알고 있는데."

선생님 눈에 의심의 빛이 가득 들어찬다.

"재희야."

선생님이 나를 들여다본다.

"알고 있는지 모르겠지만, 나는 지금까지 너와 나눈 이야기를 단 한 마디도 부모님에게 전하지 않았단다. 그건 상담 시작하기 전에 아버님과 한 약속이기도 했고. 그런데……."

선생님은 천천히 눈을 감았다가 떴다. 문득 선생님이 낯설게 느껴졌다.

"오늘 이야기는 해야겠구나."

선생님은 시계에 시선을 주었다. 상담을 시작한 지 겨우 5분이 지나가고 있었다.

"재희가 아주 좋아졌다고. 오늘 상담은 여기까지 하자."

선생님은 자리에서 일어서 한 손으로 책상을 짚었다. 그러고는 등을 돌렸다.

"실망하고 있단다."

선생님이 어떤 얼굴로 그런 말을 하는지 알 수 없었다.

"나 자신에게."

쓸쓸해 보이는 등이었다.

"지금 무슨 생각을 하고 있는지 모르겠지만."

선생님은 겨우 몸을 돌렸다. 햇살을 등지고 서 있는 선생님은 너무 눈부셨다, 얼굴을 제대로 볼 수가 없었다.

"잠깐만 멈추어 줄 수 있겠니?"

선생님은 무슨 생각을 하고 있는 걸까? 혹시 알고 있는 걸까? 내가 무슨 생각을 하고 있는지? 어떤 결심을 했는지?

"무슨 말씀을 하시는 건지 모르겠지만…… 그렇게 할게요."

나는, 웃었다.

선생님, 안녕히 계세요.

사랑하는 가족.

아빠, 엄마, 오빠, 모두들 안녕히 계세요.

저는 제가 원하는 곳으로 떠납니다. 걱정하지 마세요.

그동안 감사했습니다.

미리 써 두었던 메모를 다시 읽어 본 후 첫 번째 서랍에 넣었다.

일찍 잠자리에 들었다. 가족들의 얼굴을 보면 마음이 흔들릴 것 같았다. 노크 소리가 들렸을 때도 문이 열렸을 때도 눈을 뜨지 않았다.

내가 잠든 줄로 알기를, 그래서 어서 나가주기를 바랐다.

"자니?"

아빠 목소리다. 눈을 감고 있어도 아빠의 시선이 느껴진다. 아빠의 크고 따뜻한 손이 머리를 쓰다듬는다. 돌아누웠다, 눕자마자 눈물이 떨어졌다. 아빠는 알아차리지 못하고 조용히 밖으로 나갔다. 아빠, 미안해요.

여느 날보다 일찍 잠이 깨고도 아빠가 출근할 때를 기다렸다가 일어났다. 침대를 말끔하게 정리하고 학교 갈 준비를 마친 후 안방으로 들어갔다. 엄마는 잠들어 있었다. 나는 엄마를 물끄러미 바라보았다.

"너무 늦지 마."

엄마는 눈도 뜨지 않고 말했다. 혹시 잠꼬대일까 했는데,

"알았어, 한재희?"

나인 줄 알고 있다.

"네, 엄마. 편히 쉬세요."

나는 두 눈을 꼭 감고 있는 엄마를 한 번 더 본 뒤 밖으로 나왔다. 재민이 오빠가 현관에서 부리나케 신발을 신고 있다. 어제 또 밤을 새운 모양인지 얼굴이 엉망이다.

"오빠, 시험 잘 봐!"

오빠는 웬일이냐는 눈길을 보내고는 밖으로 나갔다. 부모님을 잘 부탁해. 미안해, 오빠.

아침부터 가족들의 하루를 망치고 싶지는 않다. 평소와 다름없이 학교에 도착했다. 마지막 시험이 있는 날이다. 나의 마지막 날이기도 하다. 나는 그 누구와도 인사를 하지 못하고 혜원 고등학교로 전학을 왔다. 겉으로 드러내어 말은 못하지만 이번에는 마음으로 인사를 한다. 민도연과 거울 공주 리아, 키티 명지 그리고…….

자꾸 피피와 눈이 마주치는 이유가 뭘까?

가방을 쌌다. 피피에게도 인사를 한다. 극단적인 두 개의 감정을 느끼게 해 준 친구, 원하는 성적 잘 받기를.

이제 서울역으로 갈 생각이다. 거기에서 천안역으로 가는 기차를 타면 된다. 그리고 다시 버스를 타야 한다. 시골은 어둠이 빨리 내리는 것으로 알고 있다. 거리의 네온사인과 밤늦도록 켜져 있는 집들의 형광등과 해가 지면 불을 밝히는 오렌지빛 가스등이 없는 시골의 어둠은 칠흑이라고 한다. 혹시 몰라 조그만 손전등을 준비했다. 나는 아주 깊은 산속으로 들어갈 생각이다. 보온병에 뜨거운 물도 준비했다. 커터 칼로 손목을 그었을 때 죽음에 이르지 못하는 가장 큰 이유는 혈액 응고 때문이라니까. 제발 사람들이 나를 발견하지 않기를. 그래서 아무도 괴물의 얼굴을 보지 않기를 바란다. 전원을 끈 핸드폰은 서랍에 넣어 두었다.

가방을 메고 일어섰다.

"재피."

피피가 다가오고 있다. 아무렇지도 않게 나를 피자매로 부르며. 눈이 마주쳤던 이유는 피피가 자꾸 나를 보았기 때문이었다.

"시험 끝나니까 너무 홀가분하다. 아, 살 것 같애."

피피는 아무 일도 없었던 것 같다.

"얼굴이 왜 그래?"

아무 일도 없었던 피피가 묻는다.

"아, 내가 아직 사과 안 했나? 시험 때문에 정신이 없어서 말이야. 그날 좀 심했지? 미안해 재피. 내가 가끔 돌아버리거든."

피피는 나를 잡아끌더니 귓속말을 했다.

"내가 너를 오해했던 것 같아. 우리 오늘 한강 갈까?"

피피한테는 별일 아니었던 건가? 이렇게 말 한 마디에 돌이킬 수 있는 그런 일이었던가? 아무래도 상관없다, 이제는.

"나중에."

나는 덤덤하게 말했다.

"오늘은 안 돼? 오늘 같은 날은 너랑 노는 게 제일 재미있는데."

피피는 무척 실망스럽다는 얼굴을 했다. 그때 민도연이 어깨를 툭, 쳤다. 고개를 돌렸다. 이제 민도연을 보면 자연스럽게 이름표로 눈이 간다. 오늘은 허리나다.

"허리나?"

민도연은 입꼬리만 올리며 씩 웃더니 말한다.

"울 엄마를 위한 거야. 엄마, 허리 아프거든."

나는 민도연을 보았다. 초록색 잔디 같은 목소리와 꼬랑지 머리에

묶은 노란 하트를 본다.

"뭐야?"

피피는 물으면서, 나와 민도연을 번갈아 보았다.

"너네 둘이 뭐 약속이라도 한 거야?"

피피는 내게 시선을 맞추었다. 민도연도 내 눈을 들여다보고 있다.

"오늘 갈 데 있어."

"나랑."

민도연이 말을 받는다. 나는 도연이를 돌아보았다. 어깨를 으쓱한다.

"그래?"

피피의 얼굴에 이상한 웃음이 떠오른다.

"뭐 둘이 할 거라도 있나 보지? 잘해 봐라."

그건, 비열한 웃음이었다.

피피가 돌아서기 전에 민도연이 주먹을 날렸다. 피피는 뒷걸음을 치다가 그 자리에 주저앉고 말았다. 코피가 터졌다. 피가 검붉었다. 주위에 있던 아이들이 비명을 올렸다. 속이 울렁거리기 시작했다. 나는 눈을 깜빡깜빡거리며 숨을 꼭꼭 참았다.

담임 선생님이 달려왔다.

"괜찮니?"

순간 아득해졌다. 무너지듯 자리에 앉았다. 눈물이 주르르 흘렀다. 교실이 빙글빙글 돌아가고 있었다, 세상이 빙글빙글 돌아가고 있었다. 나는 흔들리지 않기 위해 책상을 두 손으로 꼭 쥐었다. 속이 진정

되지 않았다. 결국 구토를 하고 말았다. 손이 부들부들 떨렸다. 얼마나 떨고 있는지 책상까지 흔들렸다. 누군가 내 긴 머리를 뒤로 묶었다. 손수건으로 입을 닦아 주었다. 나는 또 누군가의 부축을 받으며 양호실로 갔다, 침대에 누웠다.

몇 번이나 시뮬레이션 했던 장면들이 돌아가고 있었다.

홀로 산길을 걷는다. 어느덧 길이 끝나 있다. 나는 완전히 혼자가 되기 위해 길이 아닌 길을 걷는다, 걷고 또 걷는다. 해는 지고 산속에 칠흑 같은 어둠이 내려앉는다. 어둠 속에서 나는 두려움도 잊는다. 커터 칼을 꺼내 손목을 긋는다. 붉은 피가 솟구친다. 어느 덧 나는 의식을 잃는다. 고통이 줄어들수록 삶도 멀어진다. 눈이 먼저 닫히고 입이 닫히고 마지막으로 귀가 닫힌다.

"재희야."

나는 들을 수 없다.

"한재희!"

아무리 소리쳐 불러도 이제는 어떠한 대답도 할 수 없다.

"한재희, 정신 차려!"

11.

눈을 떴다.

세상은 너무 밝았다. 눈이 시릴 정도로.

"재피."

"닥쳐."

"한재희, 괜찮니?"

"재희야, 나 누군지 알겠어?"

응…… 네……. 입 밖으로 소리가 났는지는 모르겠다. 선생님과 도
연이 그리고 피피가 서 있었다.

"지금 몇 시에요?"

"그건 왜?"

도연이 물었다.

"이런 몸으로는 아무 데도 못 가."

피피의 코에는 솜이 끼어져 있다. 정신을 잃었던 걸까? 기억이 끊겨 있다.

"그래, 재희야. 무슨 일인지 모르겠지만 다음에 해."

나는 담임 선생님과 눈을 맞추고 왼쪽 볼에 시선을 주었다.

"깨어났어요?"

양호 선생님이 들어온다.

"한재희. 영양실조다."

선생님은 무뚝뚝하게 말했다.

"너 정말 어렵게 산다."

다시 눈을 감았다. 최근에 뭘 먹은 기억은 없다. 하지만 영양실조로 쓰러져 죽으러 가는 일이 미뤄질 거라고는 생각하지 못했다.

"그럼, 재피……."

"야!"

도연이 소리친다.

"…… 재희 일어나는 거 봤으니까 전 이만 갈게요."

피피는 먼저 자리를 떴다.

피피와 엇갈려 아빠가 들어왔다. 가슴이 묵직해졌다. 아빠는 진맥부터 했다.

"데려가서 맥이세요. 전투적으로."

양호 선생님이 말했다.

"그러네요. 죄송합니다."

아빠는 선생님들에게 간단하게 목 인사를 했다.

"일어날 수 있겠어?"

아빠의 부축을 받으며 침대에서 내려섰다. 아빠는 꼭 쥔 손을 놓지 않았다.

"재희 친구니?"

아빠는 도연이를 보고 있다.

"그래, 리나가 옆에 있어주었구나. 고맙다."

담임 선생님은 눈이 동그랗게 되어 도연이를 돌아보았다.

"별말씀을요."

도연이는 넙죽 대답도 잘했다.

집으로 돌아가는 차 안에서 아빠는 무겁게 입을 열었다.

"심리 치료 선생님이 전화를 했더랬다."

무슨 말을 했을까? 애가 이상하니까 감시하라고 했을까? 평소와는 다르게 너무나 덤덤해서 낯설었던 선생님의 목소리가 떠오른다. "잠깐만 멈추어 줄 수 있겠니?" 네, 선생님. 제 의지는 아니지만 태클이 걸렸어요. 잠깐 멈추어 선 건 맞는 것 같아요.

아빠는 횡단보도 앞에서 브레이크를 밟으며 물었다.

"선생님이 마음에 들지 않으면 바꿀까?"

선생님이 그런 말을 한 거예요?

"네가 점점 마음의 문을 닫는 것 같다시는구나."

마음의 문을 여는 게 선생님의 역할이라면서요. 차는 다시 달리기 시작했다. 창문 틈 사이로 한 줄기 바람이 흘러들어 왔다.

"아빠, 여자 생겼어요?"

나는 내 목소리를 들었다. 서투른 배우가 처음으로 무대에 서서 외우는 첫 대사 같았다. 차는 속도를 내기 시작했다. 그렇게 오래도록 달렸다. 딱히 대답을 들으려는 건 아니었던지 시간이 지날수록 마음이 편해졌다. 그런 질문을 했다는 것이 거짓말 같았다. 우리는 아무 할 이야기가 없는 덤덤한 부녀 사이거나, 아무 말 하지 않고도 눈빛으로 통하는 다정한 사이인 것도 같았다. 나는 의자 깊숙이 몸을 묻었다. 한숨 자고 싶었다. 설핏 잠이 들려고 할 때였다.

"이제는 내 감정에 솔직하게 살고 싶어. 너무 늦지 않았다면 말이야."

나는 이미 알고 있었던 것처럼 조용히 고개를 끄덕였다.

"아빠한테 지금 가장 중요한 사람은 재희, 너야. 아빠는 너를 위해서라면 무엇이든 할 거란다. 오늘…… 아빠는 너무나 무서웠어. 네가 어떻게 됐을까 봐. 재희, 너는 아빠처럼 살지 않았으면 좋겠어. 네 마음이 원하는 대로 그렇게 살아. 아빠는 항상 네 곁에 있을 거야."

네, 아빠. 항상 옆에 있어 주세요.

집에 도착하자마자 방으로 들어가 첫 번째 서랍을 열었다.

메모는 그대로 있었다.

사랑하는 가족.

아빠, 엄마, 오빠, 모두들 안녕히 계세요.

저는 제가 원하는 곳으로 떠납니다. 걱정하지 마세요.

그동안 감사했습니다.

무너지듯, 의자에 주저앉았다.

내가 쓰러지지 않았다면, 도연이 피피에게 주먹을 날리지 않았다면, 피피가 아는 체를 해 오지 않았다면, 나는 지금 어디쯤 있을까? 죽음의 문턱을 넘고 있을까?

가슴이 조여 온다. 나는 또 숨을 들이마시고, 들이마시고 있다.

가방을 뒤져 커터 칼을 꺼냈다. 차갑다, 죽음처럼. 나는 익숙하게 칼을 쥐었다. 고개를 들어 주위를 둘러보았다. 아, 이러려고 한 건 아니었는데, 나는 가족에게 괴물의 모습을 보여 주고 싶지는 않았다. 방이 아주 낯설게 느껴졌다. 처음 이사 온 그날처럼 주먹을 꼭 쥐었다. 혈관이 도드라졌다. 정확하게 90도가 되도록 한다.

순간 방문이 열렸다. 엄마다.

"너……."

엄마는 말을 잇지 못한다. 내 손목을 보고 있다. 칼을 꼭 쥔 손을 보고 있다.

"무슨 짓이야?"

나는 엄마의 눈에 어리는 공포를 보았다. 하지만 내가 더 빨랐다.

"멈추지 못해?"

엄마의 앙칼진 목소리에 아빠가 들어왔다. 이어서 오빠까지. 좀 더 힘을 주었다. 피가 솟구쳤다.

"이제 엄마가 재희한테 무슨 짓을 했는지 알겠어?"

오빠는 소리치며 엄마, 아빠를 밀치더니 순식간에 칼을 빼앗았다. 끔찍한 고통이 시작되고 있었다. 나는 그대로 쓰러졌던가 아니면 미약하게나마 삶에, 저항을 했던가.

제3장

소녀의
간절한
소망

1.

나는 고집을 부려 학교에 갔다.

손목은 계속해서 욱신거리고 쿡쿡 쑤신다. 가끔 소스라치게 놀랄
정도로 아플 때도 있다.

교실에 들어가기 전에 담임 선생님부터 찾았다.

"괜찮니?"

선생님은 내 손목을 살핀다. 손목 보호대를 찬 왼손을 슬그머니 뒤
로 돌렸다.

"드릴 말씀이."

"그래."

선생님은 나를 올려다본다. 무엇이든 다 들어주겠다는 얼굴이다.
선생님은 어쩌면 내가 어떤 마음인지 아는 걸까? 공감하고 있는 걸
까?

"수업에 안 들어가면 안 될까요?"

이제 그 바보 같은 수업에는 들어가고 싶지 않다. 세상이 만들어 놓은 틀 속에서 더 이상 갑갑해하고 싶지 않다.

오빠는 엄마에게 소리치며 내 손목을 잡고 놓지 않았다. 오빠의 다섯 손가락 사이사이 새빨간 피가 배어 나오고 있었다. 손목에서 시작된 고통은 순식간에 퍼져 나가 나의 온몸에는 새빨간 커터칼이 그어지기 시작했다. 정신을 잃을 때마다 고통이 나를 다시 살려 놓았다. 꿈에서처럼 모래 폭풍이 불기 시작했다. 이번에는 모래가 아니라 유리였다. 날카로운 유리는 나의 두 눈과 귀와 입과 배꼽을 통해 들어와 아무도 나라는 것을 알아볼 수 없게 빈틈없이 생채기를 내기 시작했다. 비명조차 지를 수 없는 끔찍한 고통 속에서 나는 '죽음과 소녀'의 소녀처럼 무너졌다. 죽음은 쓰러지는 나를 안았다. '죽음과 소녀'처럼. 짐승이 커다랗게 울부짖는 소리가 들렸다. 그건 내 입에서 나오는 소리였다. 얼마나 더 아파야 죽을 수 있을까? 죽음은 나를 안은 팔에 힘을 주었다. 고통으로 온몸이 부들부들 떨리기 시작했다. 도망치기 시작했다. 입에서는 끊임없는 신음 소리가 새어 나오고 있었다.

눈을 떴을 때는 병실이었다. 손등에는 링거가 연결되어 있었다.

"수술은 잘 끝났단다."

아빠는 울음을 참으려다 그렇게 되었는지 얼굴이 빨갰다.

"재희야, 엄마가 미안하다."

엄마는 끊임없이 중얼거리며 소리 없는 눈물을 뚝뚝 흘렸다. 오빠는 입술을 바들바들 떨고 있었다. 나는 살아 있었다. 살아서, 나 때문에 고통스러워하는 가족들의 모습을 보고 있었다. 내가 원하는 건 이런 게 아니었다. 그러면 뭐지? 원했던 게 대체 뭐였지? 계획대로라면 나는 인적 없는 산속 그 어디쯤에서 차가운 시체가 되어야 했다. 가족들은 밤늦도록 연락이 없는 나를 불안해했을 것이다. 시간이 흐를수록 초조해졌겠지. 어쩌면 밤을 새워 나를 기다릴 수도 있다. 다음 날도, 그 다음 날도. 실종 신고를 낼까? 그러다가 누군가에 의해 발견된 나의 시체를 볼 수도 있다.

그런 일을 원했던 거야?

정신이 번쩍 났다. 동시에 두통이 몰려오기 시작했다. 유리 폭풍이 다시 시작되고 있었다. 눈을 질끈 감았다. 입술도 꼭 깨물었다. 얼마나 어마어마한 일을 저지르려고 했던가? 그건 가족들에게 너무나 잔인한 일이다. 엄마, 아빠, 오빠를 순식간에 불행으로 빠뜨리는, 가족들의 삶을 단 한 순간에 절망의 늪으로 떨어뜨리는, 아무리 노력해도 절대 돌이킬 수 없어 속수무책 괴로워하는 것밖에 달리 할 일이 없는. 내 안에서 오랫동안 키워 온 그 괴물은 실은 내 마음과 다른 정반대의 모습을 하고 있었던 것이다.

오빠는 고집을 부려 엄마와 아빠를 다 내쫓고 내 방에서 같이 잤다. 우리는 서로 잠들지 못하는 걸 알고 있었다.

"고마워."

"다행이다, 고마운 줄 알아서."

오빠는 이제 진정이 됐는지 여느 때처럼 쌀쌀맞은 말투로 돌아가 있었다.

"오빠가 나를 그렇게 위하는지 몰랐어."

"위하긴 뭘 위해."

오빠는 잠시 뜸을 들이더니 말했다.

"네가 꽃 달고 돌아다니면 창피할까 봐 그런 거야."

나도 잠시 뜸을 들였다.

"왜 꽃을 달아? 죽는 거지 그냥."

"내가 생각해 봤는데, 죽는 것보다는 미치는 게 나은 것 같애."

"미친 사람 생각도 해 줘야지."

"야, 미친 사람이 뭘 아냐? 정신병원에 가둬 놓고 면회 가서 얼굴이나 봐야지."

오빠는 침대 밑에서 뒤척이더니 물었다.

"또 그럴 거야?"

"아니, 안 그럴게."

"약속 지켜. 죽고 싶으면 차라리 미쳐."

눈물이 주르르 흘렀다.

"응."

우는 게 들킬까 봐 짧게 대답했다.

"그럼 안심하고 잔다."

나는 오빠와의 약속을 지키기로 했다. 그래서 선생님한테 이런 요구를 하는 것이다.

"미술실에 가 있으면 안 될까요?"

"어려운 주문을 하네."

선생님은 미간에 주름을 잡았다.

"하지만 언제까지?"

"고민 중이에요."

나는 천천히 눈을 감았다가 떴다. 틱은 그 속도가 점점 느려지고 있다. 선생님은 내 눈동자를 정확하게 들여다보며 대답했다.

"좋아, 세상에 안 되는 일이 어디 있어."

선생님은 시원하게 웃었다. 왼쪽 볼 얽은 자국이 보조개 같기도 했다.

2.

　도연이의 오늘 이름은 민도연이다. 그날 담임 선생님한테 걸린 이후로 조신하게 지내고 있는 중이다.

　"선물."

　도연이는 이름표를 하나 건넸다.

　"건씨도 있니?"

　도연이가 준 이름은 건강해.

　"건우 있잖아."

　"견우겠지."

　"그럼, 건강보험?"

　도연이는 킬킬대고 웃는다. 얼핏 피피와 눈이 마주치기도 했다. 나는 용기를 내기로 했다.

　"도연아, 나 너랑 점심 같이 먹어도 돼?"

"사달라는 것도 아니고, 당연히 되지."

처음이었다. 내가 먼저 손을 내민 건. 어쩌면 우린 이미 친구인지도 모르겠다는 생각이 든다.

"도연아, 넌 죽고 싶다는 생각해 본 적 없어?"

"있지."

"언제?"

"너무 행복할 때."

"너답다."

"내 안에 나는 너무나 많은데 누구를 말하시는 건지?"

도연이와는 점심시간에 만나기로 하고 미술실로 갔다. 창가 쪽에 자리를 잡고 앉아 선생님을 기다린다. 미술 선생님의 이름은 이혜지였다.

"학교 다닐 때는 별명이 혀, 였단다. 아주 끔찍했어."

선생님은 CA 시간에 본 것보다 재미있는 분이었다.

내가 미술실에 처음 들어갔던 그날, 선생님은 우리가 꼭 벼랑 끝에 선 두 마리의 강아지 같았다고 했다.

"서로 으르렁거리는 거야. 상대편 마음을 알 수가 있어야지. 기 싸움에서 지면 벼랑 끝으로 떨어지는 거지. 미술실을 빼앗길 판이니 정말 아찔했어."

그랬다. 나는 선생님에게 "여기 왜 계시는 거죠?" 이렇게 물었다.

"저는 혼자 있고 싶어요." 이런 말도 했다. 다른 사람에게. 그것도 선생님 앞에서 내 생각을 분명하게 이야기했다는 게 지금 생각해도 신기하기만 하다.

"하지만 여기는 늘 내가 있던 곳이고……."

선생님은 우물거렸지만 끝까지 말했다.

"찻집에 가서 혼자 있고 싶다고 주인더러 나가라고 해서는 안 되는 거 아니니."

우리는 서로를 한참이나 바라보았다.

서로 그러자는 말은 안 했지만 선생님은 창가 맨 앞자리에 앉고 나는 창가 맨 뒷자리에 앉았다. 선생님이 있을 때면 고소한 빵 냄새와 달콤한 커피 향이 나서 좋았다. 선생님은 가끔 콧노래를 흥얼거렸는데 그 소리도 듣기 좋았다. 나는 그림을 그리는 선생님의 뒷모습을 바라보다가 그것도 싫증이 나면 질릴 때까지 창밖을 내려다보았다. 선생님은 화장실에 가는 모양으로 자리에서 일어서려다 우두커니 앉아 있는 나를 보고 흠칫 놀라곤 했는데, 뒷걸음까지 치며 놀라던 어느 날 나는 참지 못하고 웃음을 터뜨렸다. 그날 이후 우리는 자주 눈을 마주치며 웃곤 한다.

"아무것도 안 하고 그렇게 앉아 있어도 안 지겨워?"

선생님은 묻곤 한다.

"머릿속으로는 폭풍이 불고 있는걸요."

나는 폭, 풍, 이라는 말에 힘을 주어 대답한다. 그랬다, 나를 한 번

삼킨 적이 있는 폭풍은 그날의 소리와 냄새와 끔찍한 고통으로 느닷없이 나를 가두곤 한다. 인생의 필름은 영화의 자막처럼 1년 후 혹은 10년 후, 이런 식으로 돌아가지 않는다. 우리는 매 시간을 살아내야 하고 시간으로 꽉꽉 채운 하루를 살아내야 한다. 그래서 때로는 시간을 흘려보내기도 해야 한다. 나는 가던 걸음을 멈추고 쪼그려 앉아 흐르는 시간 속에 괴물을 키웠던 날들의 소리와 냄새를 흘려보낸다. 끔찍했던 고통은 기억 모양의 흉터로 남아 있다.

슈베르트의 '죽음과 소녀'는 마티아스 클라우디우스의 시 '죽음과 소녀'에 붙인 가곡이 먼저였다. 시는 소녀와 사자(死者)의 대화로 이루어져 있다.

> 소녀의 간절한 소망 :
> 지나가세요. 아! 지나가세요!
> 가세요! 거친 죽음의 사신이여!
> 나는 아직 젊답니다. 가세요, 당신!
> 그리고 나를 건드리지 마세요.

사자의 달콤한 대답은 생략하기로 한다.

주니어김영사 청소년 문학 01
죽음과 소녀

1판 1쇄 발행 | 2012. 10. 2.
1판 5쇄 발행 | 2017. 2. 11.

이경화 지음

발행처 김영사 | 발행인 김강유
디자인 김순수
등록번호 제 406-2003-036호 | 등록일자 1979. 5. 17.
주소 경기도 파주시 문발로 197 (우10881)
전화 마케팅부 031-955-3100 | 편집부 031-955-3113~20 | 팩스 031-955-3111

값은 표지에 있습니다.
ISBN 978-89-349-5954-0 43810

좋은 독자가 좋은 책을 만듭니다. 김영사는 독자 여러분의 의견에 항상 귀 기울이고 있습니다.
독자의견전화 031-955-3139 | 전자우편 book@gimmyoung.com
홈페이지 www.gimmyoungjr.com | 어린이들의 책놀이터 cafe.naver.com/gimmyoungjr

⚠주의 책 모서리에 찍히거나 책장에 베이지 않게 조심하세요.